まだふみもみず

檀　ふみ

幻冬舎文庫

まだふみもみず　目次

第三章

ゆかし

アフリカ、カナダ、旅は

第四章

すずろなり

日本の醍醐味は

第五章

あはれでをかし

恋をしたら何もかもが

第六章
父・檀一雄との いとかなしな別れ

まだふみもみず

まだふみもみず……はじめに

古文の村上先生に感謝している。

高二の冬休みに、「百人一首を覚えていらっしゃい」と、言ってくださったからである。

しかし、私が「百人一首」を覚える気になったのは、英作文の石川先生のおかげだった。

「あなたたちの年頃が、いちばん記憶力がいいんだから」

「記憶力のいいうちに、せいぜい詰め込まなくっちゃ」

というのが先生の口癖で、毎週、山のように英文丸暗記の宿題を出された。

ところがある日、例のごとく「あなたたちの年頃が、いちばん記憶力が……」と、おっしゃりかけて、ふと口をつぐまれた。

「あなたたち、今、いくつ？　十五？　十六？」

「十七でーす」

誰かが元気よく答えると、先生のお顔が、心なしか曇ったように見えた。

「そう、もう十七……。だったら、ちょっと遅かったかな」

「若い」なんて思ってもみなかったほど若かったあの頃、「遅い」という言葉は衝撃的だった。ガツンと脳天を打たれた感じだった。

十七歳……。もう遅いのか。これからは、衰えるばかりなのか……。

冬休み、私にしては珍しく、まじめに宿題に取り組んだ。「百人一首」の本を買い入れ、赤鉛筆片手にせっせと覚え始めた。

というわけで、それからウン十年の月日が流れた今も、おぼろげにではあるが、「百人一首」をそらんじることができる。

英作文の石川先生には、本当に感謝している。

本書のタイトルは、その百人一首の中の、小式部内侍《こしきぶのないし》の歌からいただいた。

大江山いく野の道の遠ければ
　まだふみもみず天の橋立

小式部内侍は、小さい頃から和歌にすぐれていた。しかし、小式部の母親は、美貌の天才歌人、和泉式部《いずみしきぶ》である。歌に恋にと、お母さんがあまりにも有名なものだから、娘の歌も、実はお母さんが詠《よ》んでやっているのだという、まことしやかなウワサが流れていた。

その母が、新しい夫について丹後《たんご》の国に下ってしまった。

それから間もなくして、都で歌合《うたあわせ》が行われることになった。

バカでお節介なオトコが、小式部内侍のところにノコノコとやってきて、言った。

「アンタ、歌は大丈夫なの？　お母さんから何か言ってきた？　おや、まだ何にも？　そりゃまた、心配だねぇ」

そのオッチョコチョイの袖をつかんで、ピシャリと詠んでやったのが、くだんの歌だという。

母の住む丹後の国は、大江山、生野《いくの》と通ってゆく、遠い道の向こうですから、あの名高い天の橋立も、まだ踏んだことはありません。遠いので、母からの手紙も、まだ見てはおりません。

「まだふみもみず」の「ふみ」には、「踏む」と「文」が掛けてあり、「いく野」には地名の「生野」と「行く」とが掛けてある。

当意即妙な歌に、言葉を失ったオトコは、返歌もできずに、オタオタと逃げて帰ったということである。

言うまでもないことだが、本書のタイトルには、もうひとつの「ふみ」、つまり、私の名前が掛けてある。

子供は、自分の名前で親の愛情の深さをはかりたがる。私も、幾度となく、「ね、なんで『ふみ』ってつけたの？」と、尋ねてみた。

「そりゃあ、かの偉大なる女王、卑弥呼《ひみこ》にあやかったのさ」と、あるとき父は答えた。

またあるときは、「みな月に生まれたのを、ふみ月と勘違いしたのさ」などとも言った。

しかし母によると、私が生まれたとき、「すず」「さと」「ふみ」「まり」という四つの名前を、父は紙に書いてきたという。

「そういえば、同級生の與田文子さんは、素晴らしくアタマがよかった」と、母は思い出し、父も「そうだなぁ、林芙美子とか円地文子、幸田文《あや》もいることだしなぁ」と、深々と頷《うなず》いて、めでたく「ふみ」に決定したらしい。

私の父は作家だった。

確証はないが、書くことを「至上のこと」と考えていた作家ではなかったかと思う。

「ふみ」を辞書で引くと、「手紙」と「書物」とある。

「だから、『ふみ』なんでしょ？」と、天上の父に尋ねれば、「そりゃ、そうさ。そうに決まってるさ」と、きっと愉快そうに笑うに違いない。ホントのホントはそうでないにしても……。

私に、「女優になったら」と勧めたのも、父だった。

「失敗したっていいじゃないか。女優になって、いろんな経験すれば、三十ぐらいになって、何かいいものが書けるかもしれない」

と、父は言った。

女優になったからといって、とくに人と変わったドラマチックな人生を送っているわけではない。結婚もせず、子供も産まず、裏切りもせず、裏切られもせず、いまだに生まれた家で、同じ家族と暮らす私の人生は、起伏というものに乏しい。

三十になっても、四十になっても、書くことなど何もない。書くこと自体が、苦痛である。面倒くさい。好きではない。

しかし、書く。

たくさんではないが、書くと決めたら、一生懸命書く。

父が長生きしていたら、こうまで書くことにこだわってはいなかっただろう。

女優になって間もなく、私が二十歳《はたち》そこそこのときに、父は亡くなった。「女優になったら」と勧めた張本人のクセに、女優としての仕事、映画やテレビドラマは一切見ていなかった。ただ、たまに断わりきれずに書いたものには、必ず目を通してくれていて、「よかったですよ」「頑張りなさい」と、折にふれ励ましてくれた。

「親孝行、したいときには親はなし」とよく言うが、父の死後にできる親孝行がたったひとつあるとしたら、それはやはり書くことだろうと思う。

だから、私が書いているのは、どれもこれも、父への「ふみ」なのかもしれない。

そうやって、おのれに鞭《むち》打って、シブシブ、イヤイヤ、泣く泣く書いた父への「ふみ」が、いつか一冊の本になる。本ができるたびに、我が子が生まれたようで、やっぱり嬉しい。

父にも、心から感謝している。

あやし

【怪し】①不思議だ・変だ。「人びとの花や蝶やとめづるこそ、はかなうあやしけれ」（堤中納言）。②普通でない・めずらしい。「斎宮の下らせたまふ別れの御櫛させたまひては、かたみに見返らせたまはぬことを、思ひかけぬに、この院は向かせたまへりし、あやしとは見たてまつりしものを」（大鏡）。③不つごうだ・けしからぬ・よくない。「さはありとも、音聞きあやしや」（堤中納言）。【賤し】④身分が低い。⑤見苦しい・粗末だ・みすぼらしい。

第一章　イギリスはあやしで満ちている

世の中は「あやし」に満ちている。

「あやし」には二種類ある。すなわち「怪し」と「賤し」。この二つを混同すると、イッパツ即死の悲劇を見ると、今は昔の受験勉強時代に学んだ。

つまり、「あやしのもの」を、文脈も考えずに「怪しいやつ」と訳すと、情け容赦なくバッテンをもらうことがあるから要注意……ということなのであった。ま、古文の文脈なんて、考えてみてもわかるものではありませんでしたがね。

イギリスは「あやしの国」である。

この場合の「あやし」は、「怪し」だけを考えればいい。

【怪し】①不思議だ。変だ。②奇妙だ。珍しい。③けしからぬ。不都合だ。よくない。

イギリスの場合、このすべてがあてはまるのが、いかにも「あやし」なのである。

初めてイギリスに行ったとき、綺麗《きれい》な切手を買いたくて郵便局に入った。どの窓口も長蛇の列をなしている。とりあえず、いちばん短そうな列を選んで並んだ。十分待ち、二十分待って、いよいよお次は私の番というところだった。突然、目の前の窓が「CLOSED」の札でふさがれた。

そんなのって、そんなのって、あるだろうか。呆然《ぼうぜん》と立ち尽くす私を尻目に、後ろに並んでいたイギリス人は、黙々とほかの列へと移ってゆく。

ここで諦めるのは、いかにも悔しい。再び、短そうな列を選んで、そのどん尻についた。

十分待った。二十分待った。あと二、三人で、やっと……と、そう思った刹那《せつな》、またしても目の前の窓がパタッと閉じた。

「いったい、どういう国よ！」

怒りまくる私に、留学していた友人が慰め顔でわけのわからぬ説明をしてくれた。

「イギリス人は行列が好きなのよ。一人でも行列を作るっていうもの」

後年、再びロンドンの郵便局に寄ってみたが、もう、一つ一つの窓口に行列はできていなかった。日本でも劇場のトイレなどでおなじみの、合理的な一列振り分け、いわゆる「フォーク並び」が採用されていた。

私はふと、昔を懐かしく思い出していた。あれはあれで、いかにもイギリス的でよかったではないか。

そう思う私も、「あやし」なのだろうか。

銀の匙

中国びいきの叔母がいる。

小さい頃、その叔母の中国一辺倒ぶりが不思議でならなかった。

「なんで叔母ちゃんは、あんなに中国が好きなの？」

父が笑って答えた。

「初めて行った外国っていうのは、一番好《よ》く思えるものなんですよ」

それから数年後、私が行った「初めての外国」はカナダだった。

若い目で見たカナダはそれは魅力的だった。毎日が興奮と感動の連続だった。

しかし……、いま一番好きな国かと訊《き》かれると少し考える。確かに特別な国であり、忘れ難い国ではあるが、叔母にとっての中国とはちょっと違うような気がする。

では、どこが一番好きか。

「イギリス！」と、私は一瞬の躊躇《ちゅうちょ》もなく答える。イギリスの小説、イギリスの芝居、イギリスの犬、イギリスのタクシー、お茶の習慣から喋り方、どんよりした空まで、みーんな好きである。

「なんで叔母ちゃんは、そんなにイギリスが好きなの？」と、もう少ししたら、きっと姪《めい》が訊いてくるだろう。

本当に、「なんで」なんだろう。

「好き」の筆頭に、イギリスの「カントリーサイド」がある。日本語でいうと「田舎」。しかし、いわゆる日本の田舎ではない。「田園」という語感の方がより近い。たんぼのない「田園」。緑の丘がどこまでもウネウネと続き、馬や羊がのんびりと草をはむ。木々は風に揺られてさらさらと音を立て、そこここから鳥の優しい声が聞こえてくる。

大都会ロンドンから、車でほんの一時間ほど行っただけで、そんな「田園」に辿《たど》り着くことができる。イギリスの圧倒的な魅力はそこかもしれない。

私の、世界中で一番好きな場所は、その「田園」のまっただなかにある。

そこは「マナー・ハウス」といわれる、昔の荘園領主の館《やかた》である。今は御多分に漏れず、ホテルとなっている。

ホテルだから誰でもが泊まれるわけだが、私は誰にも教えない。それほど狭量ではないつもりだけれど、世界で一番好きなところぐらいは、そっとさせておいてもらいたいのだ。物見高い日本の「田園」御一行様と、ここでだけは鉢合わせしたくないからである。

その宿で素晴らしいのは、なんといっても花である。石楠花《しゃくなげ》の森がある。紫陽花《あじさい》の小径《こみち》がある。お化けのような大きな薊《あざみ》の花が咲いているかと思えば、キャット・ミントの紫色の洪水を目の当たりにすることもある。丹精はしているのだけれどこれ見よがしには植えていない、いわゆるイングリッシュ・ガーデンだから、行くたびに新しい発見をしてホクホクと得をした気分になる。

今はどんな花が咲いてるだろうと、気になってならないので、泊まれないときはご飯だけでも食べに行く。荘園でとれたリンゴのジュースがあり、ラズベリーのジャムもあり、レストランもまた楽しみのひとつなのだ。

一度、とびきりのイギリス人と食事に行ったことがあった。「とびきりの」というのは、中国語なまりの英語から、コックニー、気取った貴族の英語まで、英語だったらなんでもござれの、芝居の台詞《せりふ》のコーチだったからだ。

その日の彼は、ホテルに敬意を表して、その地方特有の領主のなまりで話していた。

前菜が終わり、きのこのスープが供された。その皿をじっと見ていたコーチが、やがて、静かに片手をあげて給仕係を呼んだ。

お仕着せの給仕長が悠然とやって来た。我がコーチに負けず劣らず、貴族的な顔立ち、貴族的なくちぶりである。

「いかがいたしました?」

「ちょっと、このスープを味わってみてくれ」

と、コーチは言った。

「何か、お味に不都合がございましたか？」

不都合などあるはずがない。私も同じものを頼んでいたが、スープは極上の味わいだった。

「お好みをおっしゃってくだされば……」

と、給仕長はあれこれ提案するのだが、コーチは「いや、頼むからこのスープを飲んでみてくれ」の一点張りである。

「別のものをお運びしましょうか？」

とうとう、給仕長の方が折れた。

「本当に、よろしいのでしょうか」

コーチが深く頷く。

「では、失礼して……」と、スープに向かおうとして、給仕長のまなざしが一瞬、揺れた。

しかし次の瞬間には、またもとの貴族然とした顔に戻って、「大変失礼をいたしました」と、踵《きびす》を返して給仕室の方へ行ってしまった。

一体何ごとかと同席者を見やると、すました顔をしてはいるが、目が笑っている。

ほどなくして給仕長が戻ってきた。両手で何か小さなものを、うやうやしく抱えていた。

それは、ピカピカ光る銀のスプーンだった。

誰も寝てはならぬ

オペラが好きである。

しかし、いわゆる「オペラ・ファン」というのとは、ちょっと違うような気がする。

なんとなれば、私はオペラを観ながら「眠る」のが好きなのである。

オペラのあの柔らかな照明、豪華なセット、心地好い歌声、妙《たえ》なる楽の音《ね》、わけのわからないストーリー……。

（寝てはいけない、寝てはいけない）

隣に座っている招待してくれた人のことを考える。高いチケットのことを考える。

（寝てはいけない、寝てはいけない）

しかし、やっぱり私は眠ってしまう。

（ああ、ウン万円のバック・グラウンド・ミュージック……）

この後ろめたさが、またいいのだ。贅沢の極意というのは、案外、こういう後ろめたさにあるのかもしれない。

そういえば、その昔から、私はよく居眠りをしていた。昼休みの後の授業はいうに及ばず、淡い思いを寄せていた男の子と初めて行った映画でも、寝た。

映画は『アラビアのロレンス』。その男の子にとって宝物のような映画だった。多分、「君にもあの感動を！」と意気込んで私を連れていってくれたのだと思う。しかし、私は中盤、舟の漕《こ》ぎっぱなしで、砂漠で一体何が行われたのかまったくわからないまま映画は終わってしまった。当然のことながら、二人の間も、それ以上の盛り上がりはみせなかった。

この話を今は亡き淀川長治さんに打ち明けたことがある。世の中には、やたらとダラダラ長い映画がある。恐ろしく退屈な映画もある。

「映画を観ながら、寝ちゃったなんてことないんですか？」と、伺いたかったのだ。

「あんた、よく寝られるねェ」と、淀川さんは、目をまるくされた。

「私がそうなったら、もう自殺やね」

しかしなんといっても、寝るならオペラである。夢がうつつか、うつつが夢か。寝ても覚めても、そこは桃源郷なのである。

ただし、自分でチケットを買ってまでして、夢の世界をさまよいたいとは思わない。貧乏性の私にはB・G・Mにウン万円かけるほどの、心のゆとりはない。誰か奇特な人が誘ってくれるのを、じっと辛抱《しんぼう》強く待つ。

待ってみるものである。

ロンドンで仕事中にお声がかかった。なんと、コヴェント・ガーデンの、ロイヤル・オペラへのご招待である。

「僕らは、オペラなんかチンプンカンプンでね」

と、スタッフは言う。

「よかったら、ダンさんがお供してあげてくれないかなあ」

ご招待くださったのは、スタッフが勤める会社のお偉いさんお二人ということだった。開演前に、オペラハウスの裏のレストランで、顔合わせがてら軽い食事をすることにした。

「この店はね、オペラ歌手の溜まり場なんですよ」と、紹介されたばかりの恰幅のいい紳士が言った。もう一人の紳士が、場慣れした様子で上等のワインを頼んだ。二人ともかなりの美食家らしい。あれやこれや、フランス語を並べては、メニューをつぶさに検討している。

話を伺っているうちに、だんだんと事情がのみこめてきた。この人たちはどうやら、世界中のオペラを観て回っているらしい。趣味ではではない、ちゃんとした仕事である。買いつけのプロなのだ。

とたんに、食事がのどを通らなくなった。ワインどころではない。専門家の横で舟を漕いだりしたら、どんなにか冷たい目で見られるだろう。

お二人は気楽なものである。「本当に飲まないんですかぁ?」と私を気にしつつも、二本目のワインを空け、お皿の上のものはきれいに平らげて、いかにも満足そうに店を出た。

オペラハウスの席は、二人の間と決められていた。「お二人で、専門的なお話もおありでしょうし」と、さかんに遠慮したのだが、強引に二人の間に押し込まれた。

いよいよ寝るわけにはいかない。

「寝られませんよ。結構うるさいオペラだから」

と、専門家は赤い顔で請け合う。

緊張のうちに幕が開いた。出し物はボロディンの『イーゴリ公』である。

不思議なもので、どんなに緊張していてもやっぱり眠気はやってくる。始まって五分もしないうちにトロリと瞼《まぶた》が落ちそうになった。

そのときである。すごい音が聞こえた。オーケストラ・ボックスからではない。私のすぐ左隣からである。二本もワインを聞こし召すからだ。「グルルル、ガルルル」と、道路工事さながらのいびきをかいていらっしゃる。

困って、右隣に助けを求めた。ところがどうだろう。右の方もぐっすりお休み中なのである。「グー……、ピー……」と、こちらも左に負けじ劣らじと賑やかな音を立てていらっしやる。

次の瞬間、「シーッ！」という鋭い声がした。見ると、前の列の三人の美しいご婦人が、唇の前に人差し指を立てて、険しい目で私を睨《にら》んでいる。いびきをかいているのは私ではない。しかし、睨まれているのは、明らかに私なのである。

私は、恐る恐る、両横で眠る専門家たちの脇腹《わきばら》を指でつついた。フッと、音がやむ。だが五分もしないうちに、再び両横からすごい音が聞こえてきて、前列のご婦人がたが私を睨む。またつつく。

これを繰り返しているうちに、オペラは終わってしまった。寝ている暇などなかった。

くだんのお二人は、桃源郷を心ゆくまで堪能していらしたか、幸せそうに目覚めると、

「大して見るべきところもなかったね、今日のオペラ」とおっしゃった。

悲しいのは、どうしたわけか、以後どうしてもオペラでは眠れなくなってしまったことである。

おひるご飯物語

昔、「お弁当」には、ささやかな幸せがあったような気がする。

幼稚園に持って行っていたのは、小さな薔薇《ばら》の花の絵が入った、赤いアルマイトのお弁当箱だった。

冬、ストーブを焚《た》くようになると、先生がみんなのお弁当を集めて、囲いの上に上手に並べてくださる。色とりどりの可愛いお弁当箱と一緒に、先生の大きなお弁当箱も並ぶ。やがてストーブに温められて、あたりに醬油の匂いが漂い始め、私たちの鼻をくすぐる。

あの頃のお弁当は美味《おい》しかったなと思う。

「アルマイトのお弁当箱が、タッパーウェアになったあたりじゃないかしら、お弁当がなんだか味気なくなっちゃったのは……」

と、友達が言った。

しかし、私はタッパーウェアに恨みなどない。タッパーウェア、大いに結構である。

もし、いま再び我が母殿にお弁当を作っていただけるものなら、ひれ伏して、特上のタッパーウェアを捧《ささ》げ奉りたい心境である。

けれども、いたいけ盛りの幼稚園児にならいざ知らず、すっかりトウの立った娘にそういう気は、まず起こらないものらしい。

それよりも何よりも、「あーあ、いつになったら娘に『ご飯よ』と呼ばれる身分になれるのかしら」と嘆きつつ夕餉《ゆうげ》の支度に向かう母に、「作る」「作らない」関係の話は、この節とても危ない。「触らぬ神に祟《たた》りなし」である。

アルマイトやタッパーウェアのささやかな幸せは、もはや遠い夢物語なのである。

手作りのお弁当の一方で、「駅弁」なるものも大好きだった。

薄い木の蓋をソッと開ける。蓋の裏にはいっぱいご飯粒がついている。まずそのご飯粒をこそげて食べる。冷たくてちょっとかたいご飯の歯応えと染みついた木の香が、いつもと違うところにいる幸せを味わわせてくれる。

結局は半分以上残してしまうご飯なのに、この、蓋の裏から食べ始めるという習慣は、なかなか根深いものがあった。「ふむ、躾《しつけ》がよろしいのですな」などと戦中派にあらぬ感心をされ、残すに残せなくて困ってしまったことも、ままある。

しかし、その「駅弁」にも、もうウンザリだ。

それもこれも、仕事のせいである。

これほどお弁当を食べなきゃならない商売も珍しいと思う。とにかく、撮影となると必ずお弁当なのである。昼食を「早く」そして「安く」あげるためである。

七百円か、八百円か……正確な相場は知らない。だが、どこのスタジオへ行っても、どこでロケーションしても、決まって同じようなお弁当が出てくる。

仕事を始めたての頃は、「わ、お弁当！」と無邪気に喜んでいたが、それも束の間のこと、すぐに飽きてしまった。夏はクタクタの揚げもの、冬はコチコチの焼きもの、値段が値段だからバリエーションにも限りがあるのだ。

かくして私は「お弁当」に幸せを見出《みいだ》せなくなった。

ぐうたらをもって任じ、三食昼寝つきに限りない憧れを抱いてはいるが、念願の地位を得たとしても、昼を「ほか弁」で済ます主婦にだけはならないだろう。何しろ他人《ひと》の一生分、いや、二生か三生分のお弁当を食べているのだから。お弁当以外のものを食べるためだったら、台所に立つのも、そう大儀ではない。

しかし、昼食というのは太陽の一番元気な時間にやってくる。ロケーションは太陽との追いかけっこである。この、昼食を「安く」はともかく、「早く」済ませたいという気持ちは、わかる。

「早メシでお願いしまーす！」と配られたお弁当を、バスで移動の最中に慌ただしく食べ、次のロケ地に着いたら「ハイ、撮影開始でーす！」なんてこと、日本では珍しくないのだ。

だからといって、世界中そうかと思ったら大間違いである。

日英の共同制作のドラマに出演したときのこと。イギリスはマン島という、日本でいえば佐渡のような鄙《ひな》びた島でロケーションすることになった。

（こんな田舎で、昼食はどうするのだろう）と、まず思った。有名な胡瓜《きゅうり》のサンドイッチかしら。毎日ってわけにもいかないだろうに。レストランかしら。イギリスのレストランは、「まずい」「遅い」ってことにかけては定評があるけど……。

ロケの朝、眠い目をこすりこすり現場に到着した私に、プロデューサー氏が、ニコニコ笑いながら声を掛けてきた。

「フミ、コーヒー？　それとも紅茶？」

指差された方向には、キッチンとカウンターのついたバスが駐《と》まっていて、中で三人の男たちが忙しく立ち働いている。

コーヒーと紅茶は、いつでも好きなときに飲めるという。カウンターには軽い朝食が並んでいて、スタッフが、お茶を片手に談笑している。

昼食時には、もっとびっくりした。

いつの間にかカウンターの上に黒板が出ていて、メニューがビッシリ書きこまれている。

前菜がいくつか大きな皿に並んでおり、そこから各自好きなものを取る。メインは、ビーフ・ストロガノフ、白身魚のピカタ、ラザーニャのいずれかを選択。菜食主義者用のコースもある。サラダもデザートも数種類の中から取り放題。

朝から忙しく働いていた三人は、コックさんだったのだ。

スタッフや役者がトレイを持って並ぶと、できたてのアツアツを、これも温めてあったお皿によそってくれる。

私よりもっと興奮していたのが、日本から来たディレクターだった。パチパチと写真を撮りまくっては、

「これなんだよ、この違いなんだよ。こうじゃなきゃいけないんだよ。斜陽とはいえ（当時は「斜陽」といわれていた）さすがに大英帝国だなァ。日本は貧しいなァ」

と、さかんに溜め息をついていた。

お皿を持って、陽がさんさんと降りそそぐ芝生にすわった。青い空、白い雲、ウネウネ続く緑の丘。まるでピクニックである。しかもとびっきりイギリス式の。

しかし、ふと見ると、寝っ転がりながら、いかにも不満の態《てい》で、フォークを口に運んでいる人がいる。フランス人の役者さんだ。

「イギリスのお料理はお口に合いませんか？」

と、笑いながら声を掛けてみた。

「イギリス的だね、まったくもってイギリス的だ」

と、フランス男は鼻を鳴らした。

「イギリス人は、すぐ行列を作る。あれじゃまるで配給だ。是非一度フランスにいらっしゃい。食事のときはクロスの掛かったテーブルが出る。椅子にすわってれば、ちゃんと給仕して貰える。まったくイギリス人は。食事というのにワインも出しゃしない」

食後にひと働きしたら、すぐにアフタヌーン・ティーの時間がやってきた。胡瓜のサンドイッチ、プチケーキ、スコーン……イギリスには、なんやかや言っては休んでお茶を飲むという、素晴らしい習慣がある。

「フミ、イギリスでのロケーションはどう？」

と、再びプロデューサー氏が近づいてきた。

わが移動キッチンは、いかがかな。三人のコックによるたっぷりのメニュー、紅茶にコーヒー、そしてアフタヌーン・ティー。どうかな、野蛮国ニッポンじゃこんな洗練された撮影はできないでしょう。

日本のロケでさんざんな目にあったらしく、プロデューサー氏のくちぶりが、ちょっと自慢たらしくなる。私はふと、からかってみたい気分に襲われた。

「でもフランスだと、テーブルが出て、お給仕さんがいて、ワインまでつくんですってね」

プロデューサー氏の口がたちまちへの字に曲がった。

そして人差し指をあげ、私だけに教えてあげるというように、声をひそめて言った。

「そんなことやってるから、フランス人は能率が悪いんだ」

隣は何をする人ぞ

ベッドに寝転がりながら考えた。

（ホテルで私に欠かせないものはなんだろう）

灰皿が見える。煙草は吸わないので、これはなくても困らない。テレビも滅多に見ない。歯磨き、シャンプー。いらない、たいてい自分のを持ち歩いている。ミニバー……。絶対必要というわけじゃない。机。これもあると嬉しいけど、いつも部屋の飾りで終わってしまう。要するにベッドさえあれば、私は終日幸せでいられるのだろうか。

ところが、そういうわけでもない。ホテルというのは、結構、訪問者の多いところなのだ。まず、朝寝を決めこんでいるときのノック。これは掃除のおばさんである。昼寝中のミニバーのチェック。夕方のベッドメーキング。氷のサービス、お湯のサービス。

これじゃおちおち寝ていられやしない。

しかし、よくしたもので、ホテルには「Please do not disturb（起こさないでください）」という関所の禁札のような札がある。私が何よりも有り難がっているのは、この札かもしれない。

ロンドンのホテルに泊まったときも、大いにこの札を愛し、いつくしんだ。

ある昼下がり、極上の惰眠から目覚め、さてアフタヌーン・ティーと洒落《しゃれ》こむか……という気になった。ドアを開けようとして、足もとにある一通の手紙に気がついた。

「申し訳ありません」と、見慣れぬ横文字で書いてある。

「隣の部屋の者ですが、お休み中とは知らず、ガンガン音楽を鳴らしておりました。先程、お部屋の前の札を見てギクリとしました。お耳に障りましたでしょうか」

私は独りで赤くなった。昼寝してたなんて思われること自体（実際にしていたのだが）恥ずかしい。早速、言い訳の手紙を書くことにした。折よく、ゴリラが頭を掻《か》いているなんとも剽軽《ひょうきん》なカードを持っていたので、辞書を引き引き、

「こちらこそ、ごめんなさい。ウッカリ札をはずすのを忘れていました。十分壁の厚い上等なホテルですので、どうぞお心置きなく音楽をお楽しみください」

と書いて、そのカードをそっと隣のドアの下に滑り込ませ、お茶を飲みに出掛けた。

帰ってみると、再び手紙が私を待っていた。

「大変楽しいカードを有り難う。お礼と先程のお詫びのしるしにCDを差し上げたく存じます。以下から一枚自由にお選びください」と、二十枚ほどロックのCDの名が並んでいる。

私はホテルの便箋《びんせん》に、「どうぞもう、本当にお気遣いなく」とだけ書いて、足音を忍ばせ、

隣に配達に行った。

私たちの文通はそれで終わった。顔を合わせることも、言葉をかわすこともなかった。

ときどき思う。ロックのＣＤを二十枚とステレオを抱えて旅に出る人ってどんな人だろう。隣に下げられた札にまで気を遣う人ってどんな人だろう。

あのとき、ＣＤを一枚所望すれば会えたのだ。

しかし、悲しいかなオバサン化現象の著しい私には、一枚として見覚え、聞き覚え、興味のあるものがなかったのである。

大英博物館物語

その1　壁と箱

ロンドンはグレート・ラッセル通り。

高い鉄柵の向こうに、大英博物館はある。

「文明の進歩」という名の、破風《はふ》に施された彫刻。どっしりした屋根を支えるイオニア式の列柱。初めて大英博に詣《もう》でたとき（まさに詣でるという言葉がふさわしい）、その威風堂々としたたたずまいに圧倒され、鉄柵から大理石の列柱までの道のりがやけに遠く感じられたものである。

しかし、大英博物館に入るのに、それ以上の障壁はない。

なんとなれば、大英博物館は入場が無料なのである。

ロゼッタ・ストーンの前で待ち合わせをするためにだけ使ってもいい。トイレを借りに入って、そのついでにラムセス二世の顔を拝んできたって構わない。気軽といえば、これほど気軽なところはない。

この「入場無料」というのは、英国の伝統であるらしい。十年ほど前にロンドンを旅したとき、ナショナル・ギャラリーも、ヴィクトリア&アルバート美術館も、自然史博物館も、名だたる博物館・美術館はみんなタダで入れて、とても幸せな気分になった。

「入場無料」の伝統の起こりは、大英博物館であるという。大英博は、世界最初の公共博物館として一七五九年に開館以来、ずっと「入場無料」を謳《うた》い続けてきているのだ。ワシントン、ベルリンなど、これに倣《なら》った博物館も多い。

さて、わが日本はというと、建物や陳列方式など大御所に倣ったところはいっぱいあっても、肝心かなめの「入場無料」の理念には、まったくもって関心を示さなかったようだ。

反対に、この頃ではイギリスの方が日本の真似をしだした。聞くところによると、サッチャー政権が、補助金の大幅なカットをもくろみだしたせいらしい。伝統と理念を捨てて入場料をとる博物館が増えてきた。

自然史博物館は二ポンド五十ペンスをとるようになった。ヴィクトリア&アルバート美術館も、寄付方式とはいえ、入場料を払わずには入りにくくなった。

「大英博も入場料を」という大波が押し寄せてきている。館長のデイヴィッド・ウィルソン卿は、必死でその防波堤とならんとしている。

「大英博の収集品の多くは外国のものです」

と、サー・デイヴィッドはおっしゃる。

「自分の国のものを見たいという人の前に、少しでも壁があってはいけません」

「私たちはこの収集品を子孫のために持っているのです。イギリスのためだけではなく、世界の将来のために。国籍、年齢、富などに関係なく、誰もが好奇心を芽生えさせ、向学心を満足させられなくてはなりません」

とはいえ、世界最大級の博物館の維持、運営が苦しくないわけがない。大英博入口のそこかしこに、透明なプラスチックの寄付金箱が置かれ、篤《あつ》い志を控えめに待っている。

NHKスペシャル『大英博物館』の撮影の間、少なからず気になっていたのが、このプラスチック・ボックスの中身であった。

閉館後に誰かが集めてどこかに持って行くのだろう。寄付金はいつ見てもさほど多くない。金色の一ポンド硬貨の中に、五ポンド紙幣がチラホラ。外国のお札も混じっている。その多くはドル。時としてフラン、時としてマルク。

ドルが必ず入っていることに私は感心してしまった。さすがボランティア精神の国アメリカ。さすが世界で通用するドル。そして絶対に入っていない日本の円のことを思って情けなくなってしまった（ポンドで寄付しているのかもしれないと、小一時間ほど偵察してみたけれど、やっぱりプラスチック・ボックスに近づく日本人は稀《まれ》だった）。

「イヤイヤ、それじゃ日本人に公平じゃない」

と、大英博の広報の方はわが同胞をかばう。

「日本にはアメリカと違って寄付の歴史がないんですから。そのかわり日本人は、大英博のお土産屋さんで、いっぱい買い物をしていっぱいお金を落としてってくれてますから」

ほめられてるのかなァ……。やっぱりアメリカ人の方が上品な観光客のような気がするけどなァ……と、プラスチックの中のドル紙幣を見るたびにそう思っていた。

ある朝のことである。撮影のためにお客さんに先んじて中に入れてもらった。開館は十時からだが、八時前からもう人が動いている。掃除の人、学芸員、警備員、そして寄付金箱の前にも……。

箱はカラである。カラ箱の上にお金の入っている（とおぼしき）袋を置いて、鍵をガチャガチャいわせている。

（オヤ、寄付金の収集は朝なのかな）

ところが収集ではなかった。その人は鍵を開けると、袋の中からお金を取り出し、箱の中にジャラジャラッと置き始めたのである。見れば、ポンドの中にピカピカの十ドル札。なんと呼び水ならぬ「呼び金」だったのだ。

今度、大英博の人に会ったら、「呼び金」の中に、千円札も入れてもらうようお願いしておこう。

（大英博の年間経費は二千四百六十万ポンド、寄付金箱に集まるお金はわずか十万ポンドということです。みなさん愛の手を！）

＊ここにある大英博物館の入場料等に関する情報は一九九一年当時のものです（編集部注）。

その2　幽霊と女丈夫

「さァて、と……」と、ファイルの山からこちらに顔をあげて、マージョリー嬢が微笑《ほほえ》む。いや、「嬢」と一応敬愛を込めて呼んではみたが、どうもその言葉は彼女には似つかわしくないような気がする。何しろ、身の丈一八〇センチ近く、肩幅は私の倍、胸の厚さは優に三倍はあろうかと思われる、堂々たる体軀《たいく》の持ち主である。夏休みにはカナディアン・ロッキーをカヌーで下り、グリズリーと闘ったという風聞のあるマージョリー。声だって、日本女性にありがちな猫撫で声なんかでは決してなく、ベンガル虎も調教できそうなほど、よく通る。

本と資料に埋まった六畳ほどの小さな部屋にいるのに、ハイド・パークのスピーカーズ・コーナーで演説しているみたいな調子で、私に話しかけてきた。

「大英博に出るお化けのことを知りたいんですって？」

マージョリーは、正式には、大英博物館の館長アシスタントという立場にあるらしい。その仕事の一環なのか、それとも彼女自身の趣味なのかは訊き忘れたが、大英博に起こった出来事、大英博に関する「ちょっといい話」を余すところなく記録している、大英博の生き字引としてもよく知られている。

「大英博にお化けは出ないのかしら」

と、私が何気なく呟《つぶや》いたら、皆が口を揃え、

「あ、それならマージョリーに訊きなさい」

「マージョリーならなんでも知ってる」

と言って、彼女に引き合わせてくれたのだ。

「お化けは出ないのかしら……」

という私の素朴《そぼく》な疑問は、大英博で取材を進めていくうちにどんどんふくらんでいった。

一体に考古学というのは、そのほとんどが墓を暴《あば》く研究にほかならない。

しかし、メソポタミアのある墓には、その墓を暴き、財宝に手を触れた者、子々孫々にいたるまでの呪いの言葉が、楔形《くさびがた》文字で刻まれていたという。

考古学上の大発見が集まる大英博。ここで、ウーリーによって発掘された、ウルの王墓からの絢爛《けんらん》たる出土品などを見ていると、（呪いは一体どうなっちゃったのかしら）と思って

しまう。六十八人もの宮廷の女たちが殉死《じゅんし》させられた、しかも生きながら埋められたというのだもの、そっちの方面からの「恨めしや」もあって当然のような気がする。

メソポタミアに続く、エジプトのミイラ室に入ればなおさらだ。永遠の命を新たに生きようと、ミイラになってナイル川の西岸に眠ってたのに、ロンドンくんだりまで連れてこられて、見せ物になってるなんて、まったく浮かばれやしない。夜な夜な大英博を彷徨《さまよ》うミイラ、そんな図があっても不思議ではない。

「ミイラ室を彷徨うお化け？　ああ、よく聞くけど、アレはデタラメね」

と、だが、しかし、マージョリーは私の想像を一笑に付すのだ。そして、ドサリと、大英博に出没した幽霊のファイルを、机の上に置いた。

「まず、灰色のよろよろ歩くヤツね」

これは、大英博史上もっとも有名な幽霊で、いたるところで見られたらしいが、一九七〇年以来、プッツリ姿を現わさなくなった。

「今世紀の初めに、三十年間ぐらい大英博のエジプト・アッシリア部門で働いていた人の霊じゃないかってのが、通説」

呪いはそういう形で現われるのだろうか。

「それから、キングズ・ライブラリで首吊ってね、四、五日発見されなかった人がいたの」

以来、キングズ・ライブラリは、幽霊の出る、新たな名所となる。

大英博の人間は、幽霊を見たり感じたりしたら、ただちにマージョリーに報告書を提出しなければならない。「だれが」「いつ」「どんな」体験をしたかつぶさに書いてゆき、大英博のどのあたりだったか地図まで記す。それをマージョリーが分類、整理、検討して、どういうお化けか、その来歴をただすのだ。

マージョリーによれば、大英博のお化けはそのほとんどが、もと大英博職員という。世界の至宝を預かる人の責任は重い。それゆえ、思い入れも人一倍深い。大英博にはそういった人々の情念が渦巻いているのかもしれない。

「私も感じたことがあります」と、お茶をいれてくれたマージョリーの秘書が言った。

「夜、一人残ってタイプを打ってたら、肩越しに誰かが覗いてる感じがするんです。確かに誰かいるんです。ゾーッとして、バッグをひっつかんで家に帰りました」

「マージョリーは、そういう体験はないの？」

「ないわ。いつも見たいと思ってるんだけど」

ミイラ室にお化けは出ないという。

しかし真夜中の巡回はやはり気味が悪く、扉から扉まで走ってしまうときもあると、警備のおじさんが恥ずかしそうに打ち明けてくれた。

グリズリーに立ち向かったマージョリーだったら、その勇気で、ミイラ室に夜営することも可能だと思う。

その3　女神たち

大英博物館、入ってすぐのエジプト室。ロゼッタ・ストーンや巨大なファラオの彫像群に呆然と目を奪われているうちに、うっかり見落としてしまう人も多いかもしれない。私のお気に入りの猫は、そこにいる。鼻と耳に小さな金のピアスをつけて、胸には魔よけの銀のペンダントを下げ、きちんと「お座り」をして、ガラス・ケースの中に収まっている。

古代エジプト時代、猫は女神バステートを象徴する聖獣とみなされ、存在するもののあらゆる喜びに結びつけられ、崇《あが》められていた。

二階のミイラ室を注意して歩けば、猫のミイラを見ることもできる。

そして、ホッと一息。古代から現代に立ち返って、前庭に出てみる。運がよければ、本当に運がよければ、鳩を狙って、イオニア式の列柱の陰に潜《ひそ》んでいる「女神バステート」のご尊顔を拝することができるかもしれない。

女神の現世《うつしよ》の名はメイジー。

一昨年、フラリと大英博にやってきて、五匹の子を産んだ猫がいた。

当然、その処遇が問題となった。最高意思決定機関「トラスティ」（二十五名の理事よりなる理事会）の決定をみたのかどうかは知らないが、とにかく真剣な討議の結果、良家との縁組みができた二匹の仔猫を除く全員が、大英博物館「所蔵」というお墨付きを貰ったのである。

以来、母メイジーは、その大恩に報いるべく、博物館の大敵、鳩退治に余念がない。

「これで、百三羽目ですよ、百三羽！」

と、猫の餌の世話をしているレックスさんは、メイジーが手柄をたてるたびに、それを我がことのように吹聴してまわるのだそうだ。

大英博物館と猫との歴史は古い。

半世紀以上前には、マイクという猫がいた。博物館の正門の番小屋で、守衛さんとともに間断なく入口を守り二十年、ロンドンで一番有名な猫と言われた。

マイクの本名はマイケル、またの名を「ウォーリス・バッジ卿の泥だらけのマイク」といった。

サー・ウォーリスは、古代エジプトについての権威で、大英博物館の古代エジプト部門の責任者でもあった。古代エジプトの研究に没入するあまり、女神バステートの熱烈な崇拝者になってしまったのだろう。とにかく、マイクを可愛がった。

ポケットには必ずマイクの好物を忍ばせ、マイクの欲しいものがきちんと与えられているかどうかに鋭く目を配る。第一次世界大戦のさなかの食糧不足の折も、マイクにだけは不自由な思いをさせなかった。退官して大英博を離れてからも、週に一度はマイクを訪ね、六ペンスずつ置いていったという。晩年のマイクは、大した資産家だったのだ。

この愛にマイクが応えぬはずはない。サー・ウォーリスが長年「猫のミイラ」の保護者であったという尊敬も手伝ってか、このエジプト学者を愛してやまなかった。

マイクの仕事は数多くあった。

鳩を追い払うこと、野良猫を近づけぬこと、犬を撃退すること。

時には守衛さんについて巡回しなきゃならないし、時には番小屋で、来る人に愛想をふりまかなきゃならない。愛想といっても、マイクは人見知りの方だった。とくに「アラ、まァ、猫よ！」なんて言って手を伸ばしてくるご婦人がたは大嫌いだった。そういう手には、必ず引っ掻き傷がついたという。

二十年の勤めを終えてマイクが死んだとき、新聞に大きく訃報が載った。

一九二九年一月、イヴニング・スタンダード「マイク死す」。

——マイクの死というこの報《しら》せを読み、多くの読者が深く悲しんでいることと思う。マイクは、二十年という長きにわたって、かの偉大なる博物館の正門を守ってきた有名な猫であった……略……

彼の死は、彼の食事の世話をするのを喜びとしていた守衛たち、そして多くの友人、知人に大変惜しまれている。彼こそは、決して本性を明かさない、賞賛に値する猫だった
——

そして、サー・ウォーリスによって『マイク』という追悼文集が編まれ、大英博の図書係から、韻をふんだ美しい詩が寄せられた。

「さらばマイク／君を惜しむ／君、我等を愛《お》しまずとも／最も賢く／誰より長生きした／猫の中の猫／望み通り／安らかに」

現在、大英博物館「鳩公害対策課」の公式要員は六匹である。四匹は新参のメイジー一家。あとの二匹は、マイクの血をひいている。

クリスマスが近づくと、猫好きのレックスさんが、「猫チャンにも楽しいクリスマスを」と、小さな箱を持って職員の間をまわって歩く。

集まったお金で、女神たちに一体どんなクリスマス・プレゼントが用意されるのか、私は

知らない。

その4　ただいま、探索中

ＮＨＫスペシャル『大英博物館』の案内役を仰せつかったとき、私は心の中で快哉《かいさい》を叫んでいた。

（これで、ついに食いっぱぐれがなくなったわ！　女優としていよいよ立ち行かなくなったら、大英博物館の前に、旗持って立てばいいんだもの！）

大英博物館を訪れる日本人は、年間二十万人を数えるという。日本語による「大英博ツアー」が商売にならないはずがない。

だが、現実は、いつも私に甘くない。

まず、大英博物館の広さに参ってしまった。通《かよ》っても通っても、一向に通《つう》になれない。ちょっとわかってる顔がしたくて、館内地図から目を離し、大英博散策としゃれこむ。するとたちまち迷路のまっただ中である。撮影場所に辿り着くのにも、最低二度は警備員さんに道案内を請わねばならなかった。

加えて、その収蔵品の多さ。

今日は「ギリシャ編」を撮るって言ったって、「ギリシャの部屋はどこ？」では通じない。アルカイック期のギリシャの部屋があるかと思えば、ヘレニズム期の部屋があり、壺《つぼ》は壺で階段を降りた別の部屋に並んでいる。ギリシャ彫刻を見たくば、また違う階段を探して降りなければならないし、同じギリシャ彫刻でもパルテノン彫刻は、ドゥビーン・ギャラリーという、そこだけで日本の博物館一コ分くらいの巨大な空間に収められている。

目的地に辿り着く、一番手っ取り早くて確実な方法は「日本の撮影隊はどこ？」と訊くことで、そうと悟って以来、私はずっとそれで通してきた。

というわけで、二カ月たって撮影が終了しても、大英博物館は私にとって迷宮のままだった。「大英博ツアー」の望みは、あっけなくついえてしまったのである。

しかし、恐るるに足らず、大英博。

正面玄関を入ってすぐ奥の右側には、立派な案内所がしつらえてある。

迷って時間を無駄にしたくなかったら、まっ先にここに寄って地図を貰えばいい。ガイド・ツアー（但《ただ》し英語）の手配もしてくれるし、コレが見たいと言えば、迷路に陥らずにそこに行き着く手立ても講じてくれる。

だからといって、心まで許すものではない。

ＭＩ５（英国諜報部）の手によるのだろうか。案内所でのやりとりは、密かに観察され、ある種の疑わしき質問は逐一報告され、分析検討されているらしいのだ。

その貴重なファイルを、ここに極秘に入手することができたので、ごく一部をお見せすると、

(1)（目の前の階段を指さして）これは上へ行く階段でしょうか？
(2)ここにエジプトのピラミッドありますか？
(3)アイスクリーム売ってますか？
(4)あなた英語おできになる？
きわめつきは、
(5)ここは大英博物館ですか？

さすがに収集好き《コレクター》の国イギリスと、そういうファイルがあることを笑いながら友達に話したら、その友達がたちまち青くなった。

「やだ、私もファイルに載ってるかもしれない。『ツタンカーメンはどこですか』って訊いて、思いきり軽蔑されたもの」

ツタンカーメンは大英博物館にはない。その金色《こんじき》の輝きを見たくば、エジプトはカイロの博物館まで足を運ばねばならない。

しかしファイルに載るほどのことでもない。

多くの人が、大英博物館に来て初めて、ツタンカーメンはここにないと知るのだという。あるときは、イギリスの田舎からこんな手紙が大英博に届いた。

「拝啓、大英博物館殿。先日、先祖伝来の家宝の中に、ツタンカーメンの櫛と歯ブラシを発見いたしました。どうしてもと請われれば、公益のため格安でお譲りする気がないでもありません。委細はご相談の上」

大英博物館が新たに収蔵品を増やす場合は、必ずトラスティと呼ばれる理事会の決定をみなければならない。この手紙が、二十五人の理事の目にふれたかどうかは定かでない。しかしツタンカーメンの櫛と歯ブラシが、トラスティの購入検討品目にのぼらなかったことだけは確かである。

その辺の全責任は、大英博物館の広報部長ハウス氏にある。ハウス氏はその申し出《い》でに慇《いん》懃《ぎん》なる断わりの手紙を書いたのだ。

「お手紙落手いたしました。残念ながらツタンカーメンは私どもの所蔵ではございません。エジプトのカイロ博物館にお問い合わせになられることをお勧めします。わが大英博は、現在、古代よりもイギリス中世の品の充実を図っております。とくに、芸術に造詣の深かったヘンリー六世にまつわる品ならば、なんとしても入手したく存じます。もしご家宝の中にお持ちであれば是非ご一報願います」

数日後、ハウス氏はその返事を受け取った。

「ただいま、屋根裏を探索中です」

その5　メアリーの肖像

「館長の廊下」……特別展の展示場を抜け、重い木の扉を開けた向こう側、館長室にまっすぐ連なる通路のことを、大英博物館の人はそう呼んでいる。

一般客が迷い込むことはまずない。時折、館長を訪ねる人が往き来するだけの、静かな空間である。南向きの窓から、ロンドンの春の柔らかな光がこぼれてくる。

その光にも似た、控えめなまなざしを感じて、私はふと足を止めた。

窓のわきに、小さな肖像画が掛かっている。暗い色の服を着た、いくぶん猫背ぎみの老婦人。堂々と胸を張ることをせず、小さな絵の中で、その姿がよけいに小さく見える。

名画というにはあまりにも拙《つたな》い。偉人の肖像画にしては、あまりにも遠慮がちである。

「ああ、この絵ですか」

と、かたわらから、サー・デイヴィッドの声がした。

サー・デイヴィッドは、撮影開始のご挨拶に伺った私たちを、館長室から展示場へと送り出してくださるところだった。

「この絵のおばあさんはね、まだ大英博物館ができたばかりの頃、ここで働いていたハウスメイドですよ」

「ハウスメイド」という言葉を、サー・デイヴィッドは使われた。

大英博物館が開かれたのは、一七五九年。

ハンス・スローンという啓蒙思想の持ち主が「神の栄光と人類の幸福のため」と、自分の大コレクションを、国家に遺贈したことに端《たん》を発する。この大コレクションの収蔵と公開のため、今の大英博物館の場所にあった「モンタギュー・ハウス」が購入された。そこの維持・管理にあたっていたのが、ハウスメイドと呼ばれた女たちである。

肖像画の老婦人の名は、メアリー。

その名が、大英博物館の歴史に登場するのは一七八〇年のこと。大英博物館開設当初からハウスメイドをしていた叔母を頼って、ここにやって来ている。そのときメアリーは、わずか十歳だった。

十歳から死ぬまでの六十五年間、メアリーは文字通り身を粉にして大英博物館のために働く。彼女の夫も子供も、そして孫もまた大英博物館に勤めていた。住み込みで働いていた彼女は、まさに生涯を大英博物館に捧げたといっていい。

大英博物館の所蔵品は、年とともに充実していった。ロゼッタ・ストーンが、多くのエジプト彫刻が、そしてパルテノンからエルギン・マーブルズがもたらされたのを、彼女は目にしているはずである。

当然、職員も増えていった。

しかし、館や職員の世話をするハウスメイドの数は、長いこと四人に据え置かれていた。いつの間にか古参となり、ハウスメイドの長となったメアリーの責任は重かった。その仕事は増えるばかりだった。

大英博物館の職員が見かねて、理事会にかけあい、やっと、ほんの少しだけ彼女の仕事を減らすことができたとき、メアリーは七十歳を過ぎていた。

石炭をくべたり運んだりするのは、「ハウスマン」と呼ばれる男の仕事だった。しかし学芸員が留守にするときは、ハウスメイドが駆り出され、暖炉の世話をさせられた。膨大な蔵書を、男に持ち出されるのを懸念したからである。

「女にはわかりゃしないさ」

と、思われていた。

「本の価値はおろか、どこに持っていけば売れるかも知っちゃいない。男なら、価値はわからなくても、売りかただけは心得ているからな」

啓蒙思想が産んだ大英博物館ではあったが、メアリーの時代、働く女たちまで啓蒙する必要はないし、その価値もないと考えられていたのだろう。本当に啓蒙されるべきだったのは、そういった男たちだったのかもしれない。

やがてモンタギュー・ハウスは取り壊され、新しい大英博物館が生まれる。

たった四人の女によって守られていた館は、千人を超える職員によって支えられる巨大な機構となった。「女にはわかりゃしないさ」と言う人はもはやいない。今や副館長は女性だし、多くの学芸員、有能なスタッフが女性である。

「ハウスメイド」という名も、大英博物館から消えて久しい。

メアリーの肖像は、長いことその存在すら知られていなかった。ある古美術商が、古ぼけた肖像画の背に、「大英博物館の家政婦」というほとんど消えかけた字があるのに気づいて、つい最近大英博物館に持ち込んだのだった。

百数十年ぶりに大英博物館に帰ってきたメアリー。静かな廊下の一隅で、一体何を見ているのだろうか。

この肖像が描かれた一年後、メアリーは七十五歳の生涯を閉じている。

その6　ワイン・リスト

ワインの歴史は、人類の歴史とともにあるという。

「歴史はシュメールに始まる」という有名な言葉もあることだし、ひょっとして大英博物館の「ウルのスタンダード」、あの祝宴の図の中で王さまや家来が飲んでいるお酒は、ワインだったのかもしれない。ギリシャの壺、アンフォラやクラテルなど、大英博にはワインにまつわる収集品が数知れずある。

しかし、ワインそのものを置いているわけではない。

古ければ古いほど値打ちがあるように思われているワインだが、ワインにだって寿命があるのである。フランスのソーテルヌ地方の貴腐ワインなどは、十九世紀のものがまだ味わえるというが、これは例外中の例外。最高の年の最高のワインを完全な状態で保存しても七十年が限界で、以後は急速に質が落ちるという。ワインの女王、ボルドーのシャトーなんとか……という赤ワインでも、成熟のピークは大体三十年、あとはゆっくり老いていくだけなのだそうだ。

そう、ワインは生き物なのである。

百年、千年の尺度でモノを測る大英博物館には、生き物なんて用はない。

いや、しかし、実のところ大英博物館にもワイン貯蔵室があるにはある。六畳ほどのその地下室には、飲み頃の美酒がところせましと並んでいるらしい。このワイン・セラーの主《ぬし》は、デイヴィッド・ウィルソン卿。大英博物館の唯一の住人、大英博の館長である。

館長のお宅訪問は、私たちにとって一大イベントだった。撮影のため、毎日その前を通ってはいたが、「英国人の家は城」、城の中に入れていただくのは初めてである。

「花とワインは、ダンさんにまかせるよ」

と、チーフ・プロデューサーに言われ、私は大いに悩んだ。花はいいが、ワインがわからない。

幸いなことにホテルの隣が酒屋さんだったので、英語のレッスンのあと、先生をしてくれていた大学生についてきてもらった。日本人の悪い癖で、すぐ高いものに手をのばす私に、質実な学生のジュディスは首を振った。

「高けりゃいいってわけじゃないわ」

相談の上、赤い札のついた六ポンド九十九ペンスの白ワインを買い、綺麗に包装して、私は館長のお宅に伺った。

さて、私たちが通されたのは、館長ご夫妻が普段に使っていらっしゃる家庭的な雰囲気の居間だった。食堂はもう一つあって、そこはちょっと気取った公式ディナー用の部屋。壁にはヴォルテールの肖像画がかかっていた。

「大英博物館は啓蒙思想の影響を受けてできたわけだけど」

と、広報部長のハウス氏が説明してくださった。

「この偉大な啓蒙思想家も、実はフランスを追われてイギリスに来ていたことがあって、そのとき、イギリスの政治や思想に非常に感銘を受けて、独自の考えを築きあげたわけです」

誇り高きイギリス人にかかると、フランス料理だって、その源はイギリスということになる。ワインにしても、保存性がよく航海に強い、シェリー、ポート、マディラなどを育て、ワインの多様化を推し進めたのは自分たちだと胸を張る。

ワイン・セラーを持つことがイギリス紳士の条件だと、館長はおっしゃる。

「そして、その鍵は、愛する妻といえども、渡せないのですよ」

「じゃ、大英博のワイン・セラーに入れるのは、サー・デイヴィッドお一人なんですか？」

そう伺うと、館長はちょっと情けなさそうなお顔をなさった。

「助手のマージョリーも、ひとつ鍵を持っててね、彼女も自由に出入りできるんだ」

紳士の砦《とりで》も、守るのは大変らしい。

館長公邸は実に居心地がよかった。そこここに、北欧のアンティーク家具が置かれ、夫人のいけた黄色いチューリップが温かな雰囲気をかもし出していた。アンティークはご夫妻が長い間に買い集めたものだとおっしゃる。実は、奥様はスウェーデン人。バイキングの研究がご専門のサー・デイヴィッド、どうもスウェーデン留学中に知り合われたらしい。

「こちらをやめられたらどうなさるんですか」

十三年間住み慣れた家は離れ難いだろうと思った。ましてこんなに素敵なんだもの。

「マン島に小さな家があるんですよ」

サー・デイヴィッドの頬がゆるんだ。

「そこに引っこんで、窓ごしに道ゆく美女を日がな眺めながら……」

もう、心はマン島に飛んでいるよう。

「じっくりワイン・リストに目を通すのが夢ですねェ……」

その瞬間、私は六ポンド九十九ペンスのワインをひっつかんで、どこかに消えてしまいたいと切に願った。

あさまし　①案外だ・意外だ。「あげおとりやと疑はしくおぼされつるを、あさましううつくしげさ添ひたまへり」（源氏・桐壺）。②ひどいものだ。「あさましう前の守のし乱りける国にまうできて」（宇津保・吹上ノ上）。③なさけない・不愉快だ。「あさましきもの。差櫛すりて磨くほどに、ものにつき支へて折りたるここち」（枕草子）。④（素性が）ごく低い。⑤（事がらが）お話にならない。⑥（外見が）見苦しい。「いみじげに腫れ、あさましげなる犬のわびしげなるが」（枕草子）。

第二章　オーストラリアでのあさましな初舞台

それは、なんとも「あさまし」なのであった。

三十路《みそじ》も半ばを過ぎてから初めて舞台に立ったこと。それもオーストラリアという、初めて行く国の仕事であったこと。誰ひとり知った顔のないところに我と我が身を放り込んだこと。台詞はすべて英語で、台本の一ページ目からして、もうチンプンカンプンであったこと……エトセトラ、エトセトラ。

だがしかし、「あさまし」であっても、「あさましい」では、決してない。

現代語の「あさましい」には、「ひどくて見るに堪えない」とか「みじめだ」「いやしい」「嘆かわしい」という悪い響きばかりがあるが、もともとの「あさまし」は、ちょっと違う。

【あさまし】驚きをあらわす「あさむ」からきた言葉で、よいときにも悪いときにも使われる。①意外だ。案外だ。②ひどい。あんまりだ。③情けない。不愉快だ。④いやしい。見苦しい。

〜

「実は私、舞台ってやったことがないんです」

と、芝居のオーディションの日、私は、はるばるオーストラリアからやって来た演出家に、正直に告白した。

「あさまし！」と、演出家は思ったに違いない。なんでこんな女優がオーディションにやって来るんだ。英語もろくに喋れるわけじゃないのに。しかも結構なトシではないか。今さらどうして、オーストラリアで初舞台を踏みたいなんて、野望を抱くんだ。

「私は舞台に立ちたくてしかたがないんです」と、私は懸命に続けた。

「でも、映画やテレビの結構なキャリアがあるから、いくら『初舞台』といっても、日本だとみんなきっと遠慮して、私には一から教えてはくれないと思うんです」

その点、誰も私のことを知らないオーストラリアなら、「ビシバシ」鍛えてくれるに違いない。拙い英語でやっとそれだけ言うと、演出家は「フム……」と、少し機嫌を直してくれたようだった。

「『初舞台』ということは、大して問題ではない」

「問題ではない」どころか、その「初舞台」だったことが幸いして、ダンフミは起用されたのではないかと、今にして思う。

とにかく、オーストラリアでは「あさまし」きまでの「ビシバシ」だった。もちろん、「あさまし」は「よいときにも悪いときにも使われる」、ソレをお忘れなく。

初舞台物語

その1　ウェルカム・トゥ・オーストラリア

三カ月ぶりにオーストラリアから日本に帰ってきて、一番まぶしかったのは、街を行く人々の歩みの速さだった。歩みというよりもむしろ駆け足に近い。行く手をさえぎる人波ものかは、前につんのめるようにしてただひたすら、進む、進む。

「ブリスベーンの人はのんびりしてるでしょう」と、B・Jが言ったのを思い出した。

「歩きたいんだか止まりたいんだかわからないわね、まったく」

B・Jの本名はバーバラ・ジェーン。私のダイアローグ・コーチ（台詞指導）である。『シャドウ・アンド・スプレンダー』という芝居をするために、オーストラリア各地から役者やスタッフがブリスベーンに集まってきていた。B・Jはシドニーからの参加。「シドニーは違うわよ」と言うが、日本からやって来た私の目には、シドニーもブリスベーンも五十歩百歩のように映った。

「オーストラリア人は、時間にルーズでしょう」という自嘲《じちょう》の言葉もよく聞いた。

しかし、私たちの仕事場は違っていた。九時半にリハーサル開始というと、みんな五分前にはちゃんと集まっている。私は時間にルーズなオーストラリア人に会ったことがなかった。

「役者は特別よ」と、B・Jは言う。

「だってこの仕事が本当に好きなんですもの。それに競争が激しい世界だから、みんな真剣にならざるを得ないの」

ある日、リハーサルの前に新聞の写真取材を受けた。十五分もあれば……というので、九時に近くの日本庭園で待ち合わせた。

しかし、待てど暮らせどカメラマンが現われない。九時十分になった。二十分になった。駐車場の方をうかがいながら、私は気が気でない。

九時半、白いワゴンがおもむろに現われた。しかし車から降り立った男性は別に慌てているふうでもない。ゆっくりと車の後ろに回って荷物を取り出し、また運転席に戻ってその荷物を開いたり閉じたりしている。

この男性《ひと》ではないな、もし約束してたら、汗だくになってこちらに走ってくるはずだものな。そう思ってほかの車に目を移そうとしたところで、くだんの男性から声を掛けられた。

「フミ・ダン？　グッド・デイ！」

力強い握手と、輝くばかりの笑顔、悪びれた様子は微塵《みじん》も感じられなかった。

リハーサルに遅れた言い訳にこの話をした。多少の憤懣《ふんまん》が混じっていたかもしれない。す

るとB・J、にっこり笑っていわく、

「ウェルカム・トゥ・オーストラリア！」

その2　影と輝き

初舞台を踏むことになった。『シャドウ・アンド・スプレンダー（影と輝き）』という、国際的なスパイの物語である。台詞は全部英語。場所はオーストラリア。まずはブリスベーンで一カ月の稽古、そして一カ月の公演。その後は場所を移して、アデレード・フェスティバルに参加する。

「そりゃあ……、そりゃあ、無謀だァ！」

と、みんなが口を揃えて言った。

確かに無謀なことだった。

しかし、この「無謀」も、オーストラリア人にかかると「勇気」という美しい言葉に変わる。「あなたの勇気には敬服します」この言葉を何べん聞いたことか。

日本流に平たく言えば、「よくもまあ、考えもなしにやって来たね」っていうことなんだろうけど、オーストラリアではそんな不躾《ぶしつけ》な物言いはしない。オーストラリア人はとびきりの褒めじょうずなのである。

ある日は「素晴らしい声をしている」とおだてられ、またある日は「あなたの演技に目が釘《くぎ》付けになった」とくすぐられ、折にふれ「あなたの進歩は驚異的だ」と励まされる。褒められ続けてリハーサルは終わり、いよいよ幕開きとなった。

初日のできは惨憺《さんたん》たるものだった。少なくとも私にはひどいという確信があった。

しかし、舞台を下りてみると例によって「ワンダフル！」だの「マーベラス！」だの称賛の嵐である。さすがの私も、ここでハタと疑問に思った。七カ所も台詞をとちって何が「ワンダフル」なものか。シャンパングラスを持って乾杯にやって来た共演者に「オーストラリア人って本当のことを言わないから嫌い！」と、当たり散らした。

翌朝、その共演者から新聞を贈られた。

「ダンフミがこの芝居の『輝き』である」と、その新聞にはあった。そして堂々十六行にわたって私の演技を褒めたたえてある。

涙が出そうになった。

初日以降もいっこうに舌は回ってくれず、つっかえたり言い間違えたりの連続だったが、気落ちしそうになるたびに評を取り出しては読んだ。

「ダンフミがこの芝居の『輝き』である」……

ブリスベーンでの楽日《らくび》となった。楽屋の鏡の前に、この芝居のパンフレットや新聞の切り抜きが入っている分厚い封筒が置いてあった。どうやら劇場からのプレゼントらしい。

開演まで間があったので切り抜きを読んでみた。「ダンフミ、バー・ガールとしては成功といえず」とあった。震える手で二枚目を読む。

「優しい声は舞台が回転するたびにかき消され……」

「言葉の難しさもあろうが……」

「恋する女の妄執が見られず……」

楽日の演技がメロメロになってしまったのは言うまでもない。

その3　キスと抱擁

「アガる」ことを、英語で「おなかに蝶々《ちょうちょう》がいる」という。

初日のアガりようといったらどうだろう。『シャドウ・アンド・スプレンダー』は、私にとって初舞台。しかもオーストラリアでの上演である。私のおなかには数千匹の蝶々がいて、鱗粉《りんぷん》をまき散らしながらバタバタと舞い狂っているようだった。

この「蝶々」をしずめてくれたのは、共演者のぬくもりだった。震える私の手を取り、頬にキスをし、抱きしめてくれる。まるでたくさんのお父さんとお母さんに囲まれているような安心感。

まだ小学校に上がったばかりだったと思う。両親におやすみのキスをしにいったことがあった。大好きだった欧米の物語に、よい子はみんなそうするものだと書いてあったのだ。

「大大好きの父《チチ》さん、大大好きのお母さん、おやすみなさい」

明治生まれの父は、たちまち身体を硬直させた。母からは「暑いッ！」と言われ、シッと追い払われた。

以来、私はまったき日本の少女となった。

しかし、ここオーストラリアに来て、生来《せいらい》のベタベタ好きが一気に花開いた。百の慰めも、千の励ましも、たった一度の抱擁にかなわないことがある。

とくに開幕前のぬくもりは有り難い。

入れ代わり立ち代わりに共演者が私の楽屋を訪ね、抱きしめ、キスをしてくれる。

やがて幕開きというとき、「トントン」と、またノックの音がした。

顔をのぞかせたのは、小さなピーターだった。日本の少年を演じる彼は、この芝居のために、わざわざ黒く染めた髪を丸刈りにしている。

「B・Jが、フミを見てきなさいって」

B・Jは、リハーサル期間中ほぼ私につきっきりで面倒をみてくれていたが、初日からは観客になる、楽屋にも行かないと、引導を渡されていた。

「これ、B・Jのぶん」と、ピーターの細い腕が私を包んだ。

そしてもう一度しっかりと私を抱きしめ直して、ピーターが言った。

「これは、ぼくのぶん」

三カ月ぶりに日本に帰った。しばらく会わないうちに、四歳になる甥《おい》の頬がぷっくりとふくらんでいて、なんともいえず可愛い。思わず引き寄せ、ほっぺたにチュッとやった。

すると甥、眉根《まゆね》にシワを寄せ、こぶしでゴシゴシとほっぺたを拭《ぬぐ》うのである。

「もう、おばちゃんて、すぐチュッチュするんだから!」

その4　シアター・ベイビー

『ママの転勤』というNHKドラマの収録のために名古屋に来ている。タイトルの通り、夫と子供を東京に残して名古屋に単身赴任するワーキング・ママの話である。

私の身近にも子供を置いてニューヨークに研修に行っている友達がいて、時代の波がヒタヒタと寄せてくるのを感じる。

オーストラリアの舞台でも女たちの活躍ぶりはめざましかった。さらにめざましいのは、その女たちのかたわらに子供が寄り添っていることである。

たとえばティファニー。五歳の彼女はヘアー・スタイリストの子供である。母親が私たちの頭をいじっている間、娘は楽屋の隅でおとなしく絵を描いたり、本を読んだりしていた。

それからドミニク。「シアター・ベイビー」と呼ばれていたこの坊や、ママは舞台監督である。といっても私たちの舞台監督ではない。すぐ隣にもう一つの劇場があって、そちらの方の仕事をしていた。楽屋は両劇場共用になっていたので、私たちも毎日ドミニクに会っていた。いつもニコニコと機嫌がよく、泣いたりむずかったりしたところを見たことがない。

「シアター・ベイビー」と呼ばれるゆえんである。

数年前のアグネス論争なるものは、確かアグネス・チャンがテレビ局の楽屋に赤ちゃんを連れてきたことから始まったような気がする。

日本ではこんな論争があったのよと、モイラに話した。モイラは私たちの舞台監督である。やはり女性。独身でまだ子供はないが、子供も同然の犬を一匹飼っている。

「へェ……」と、モイラは目を丸くした。そして、いたずらっぽく話し始めた。

「ウチの子なんか、楽屋で生まれたのよ。今、コリン（主演のコリン・フリルズ）が使っている楽屋でね」

今度は私が目を丸くする番である。

この劇場でミュージカル『キャバレー』をやったときの話らしい。主役の女優さんが楽屋に犬を連れてきた。その犬が、舞台稽古の最中に産気づいてしまったのである。

「もうみんなリハーサルどころじゃなくてね、手のあいている人が覗きに行っては、『生まれそうだ』『生まれた』って報告するの」

なんと九匹もの子犬が生まれ、劇場はてんやわんやの大騒ぎになったそうである。

その子犬たちは、それぞれ舞台で洗礼を受け、『キャバレー』の登場人物の名をもらい、芝居が終わると舞台関係者に引き取られていったという。

「コリンには内証よ」

と、モイラは片目をつぶった。

女優にストレスはあるか

インタビューというと、たいてい「ストレス解消法は？」と、訊かれる。

「お風呂に入って、（あー、いい気持ち）って、心の中で思うだけじゃだめなんですってね」

と、私は必ず答えることにしている。

「『あー、いい気持ち！』って、ちゃんと声に出して言ってみる。そうすると、ストレスって発散するんですってね」

それは、ある人の受け売りである。受け売りではあるが、決してインタビュー向けの方便ではない。私は日ごと夜ごと、この呪文を唱え続けているのだ。

一日の終わりに、温かく、柔らかなお湯に身をゆだねる。湯船に首をもたせかけ、肩までゆっくりつかって、手足をユルユルと伸ばす。「あー、極楽、極楽」と、溜め息と同じ長さで漏らしてみる。すると、あら不思議、一日の疲れがお湯の中にとけてゆくのだ。凝りも、悩みも、イライラもとけてゆく。

しかし、「ストレス」も一緒にとけてゆくかどうかは、私にはわからない。「ストレス」とは、悩みとかイライラのことなのだろうか。

「女優をしてると、ストレスがたまるでしょう」と、よく訊かれる。

確かに辛《つら》いことはある。悲しいことも、腹が立つこともある。しかし、それがそのまま「ストレス」かというと、これもまた私にはわからない。苦しみや悲しみ、怒りのない人生は、穏やかではある。だけど、なんてつまらない人生だろう。

辞書をひもとくと、「ストレス」とは「精神的な負担が積もり積もったときにもたらされる、心身のひずみ」とある。とすれば、私が限りなく「ストレス」に近づいたのは、オーストラリアで初舞台を踏んだときではなかったかと思う。

初舞台というのは、どんな役者にとっても、相当なプレッシャーを伴う。三十路も半ばを過ぎてからとなれば、なおさらである。その上、私の場合、ところは外国だし、台詞は全部英語、通訳もつかず、知った顔はなく、日本からの参加は私だけという、おまけがついた。オーストラリアも、独り暮らしも、自炊も、すべて初めての体験である。

泣きたかった。

しかし、泣く暇はなかった。

台本を開くと、早くも一ページ目から膨大な独白がある。しかも私には、自分が何を喋っているのか、さっぱりわからないのだ。泣く前に、英和辞典を引かなくてはならない。

稽古は、九時半から五時までである。稽古場までの三十分を、朝は台詞を呟きながら、帰りは夕飯の買い物をしながら歩く。稽古と買い物を終えてクタクタになってアパートに辿り着くと、じきコーチのB・Jがやって来て、初舞台を踏む私のための特別レッスンが始まる。レッスンが終わると夜の九時。それから、食事を作り、食べ、再び台本を開く。

英語の台詞を頭に入れるのは、日本語の百倍、時間が掛かる。とくに間違えやすい台詞を付箋に書き抜いて、そこら中に貼りつけた。冷蔵庫の扉、蛇口の上、クローゼット、ドアノブ、鏡、風呂場のタイル。

お湯につかりながら、「あー、極楽、極楽」と、手足を伸ばす暇もなく、台詞をさらったのである。

ある夜、すべてが堪え難く思われた。特別レッスンも、これまでだと思った。

台詞を読みながら、「ここであなたは振り返るのよ。どうしてだかわかる?」と、B・Jが訊く。何か裏に深い意味があるのかと思って、しばし考える。すると、こんなこともわからないのかと、あきれたような口調で、「呼ばれたからよ」と言うのである。

B・Jも女優である。私より十歳近く若い。

「そんなこと、アナタに言われなくたって、百年も前からわかってるわよ!」

と叫びたかったが、日豪の女優の友好のために、じっと我慢した。

「もう時間がないんだから、もっとためになることを教えて。台詞を覚える手伝いをして！」

そう言いたかったのも、こらえた。

そして、切り張りしたような笑顔を浮かべて、B・Jに「おやすみなさい」と言って部屋から送り出し、扉を閉めたら、ぽろりと涙がこぼれた。いけない。もう止まらない。堰《せき》を切ったように、あとからあとから涙があふれる。オンオン、声をあげて泣いた。いくら泣いても、泣き切れないような気がした。

だが、しかし、ひとしきり泣いたところで、ハタと考えた。

(今、どういう顔をして泣いているんだろう……)

鏡の前に走る。目も鼻も真っ赤に腫れあがった自分がいる。

(なるほど……)

そういえば、劇中に悲しい場面があったな、と思い出した。あそこの台詞をおんおん泣きながら言ってみたらどうだろう。台詞を呟く。二度目は違う泣きかたで言ってみる。泣かずにやってみる。泣き笑いというのも試してみる。

突然、可笑《おか》しくなった。

自分は、一体何をやっているんだろう。

女優とは、なんて業《ごう》の深いイキモノなんだろう。

その夜、長い手紙を書いた。

「昨夜、夫と喧嘩してオイオイ泣きました」

という便りをくれた友達への、返事である。

彼女いわく、「主婦というのは、何をやっても評価されない、取り囲まれた壁にゴツンゴツンと頭を打ちつけているだけの、ストレスの塊」なのだそうだ。

「女優になりなさい」と、私は勧めた。

女優なら、大声をあげて発散できる。本気で泣いたりわめいたりすると、褒められる。いろんな人になれる。いろんな気持ちにもなれる。失敗したなと思っても、「監督が悪い」「脚本がつまらない」「共演者と気が合わない」と、全部、人のせいにできる。

なんていい職業なのだろうと、私は書き連ねながら陶然としてしまった。

女優にストレスはない。

しかし、それがこの仕事の特性なのか、それともダンフミというオンナの特性なのかは、やっぱりよくわからない。

お上手

「若いですねェ」と言われると、嬉しいような嬉しくないような複雑な気持ちがする、微妙な年頃である。

「つまり、本当には若くないってことよね」と、私が軽い溜め息をつくと、同い年の友達が深く頷いて言った。

「そうね。本当に若い人に『お若いですねェ』なんて言わないもんね。本当に英語がベラベラの人に『お上手ですねェ』って言わないのとおんなじだわね」

友達は一年ほどアメリカにいたことがある。かの地では、会う人、会う人に「英語が上手ですねェ」と褒められて、大いに気をよくしていた。しかしあるとき、滞米十数年という日本の青年に、「アメリカ人に『うまい』って言われているうちは、実はまだうまくないんだよな」と言われて、ハッと気づいたという。

「うまい」というのは、相手のハンディをおもんぱかって使う慰めの言葉なのだ。

たとえば、ハンフリー・ボガートがイングリッド・バーグマンに「あなた、英語がお上手ですね」などと言っただろうか。相手が対等に話せるとわかったら、アメリカ人は同国人に対するのとひとつも変わらぬ態度で仕事する。「うまい」と褒められたらしいが、自由に話せるようになってからは、まったく言われなくなったという。

その青年も、最初の何年かはよく「うまい」と褒められたらしいが、自由に話せるように

残念ながら私の英語は、いつまでたっても「お上手」段階を超えられない。どこへ行っても、「うまい」「うまい」と褒められる。本当に「うまい」わけがないのは、当の本人が誰よりもよく知っている。言いたいことの十分の一も言えたためしがないのだ。

オーストラリアの芝居に出ると決まったとき、一番心配だったのがこの英語力だった。ブリスベーンに向かう飛行機では、私は辞書に頭を突っ込みっぱなしで英語と格闘していた。台本を解読していたのではない。英語の言い訳を考えていたのだ。

「最初に、一言だけよろしいでしょうか」

と、リハーサル初日、みんなが顔を合わせたとき、私は言おうと思っていた。

「私は、自分の英語力にまったく自信がありません。だから、このお仕事ではみなさんに多大なるご迷惑をお掛けすることと思います。でも、どうぞご辛抱ください。人の十倍、いえ百倍努力することをお約束しますので」

間違いだらけの英作文が完成すると、今度はブツブツと覚え始めた。ゴールド・コースト

に遊びに行く新婚さんや若い恋人たちの間で、たった一人暗い顔をしながら、同じ文句を百ぺんも二百ぺんも繰り返した。

「君の英語は大丈夫だ」

と、主演のコリンから励まされた。

「僕を信じてくれ。僕が大丈夫と言うんだから、絶対に大丈夫だ」

どうやら、初日の言い訳の評判は、それほど悪くなかったようである。みんなが代わる代わる私の英語を褒めにくる。台詞指導のB・Jも、「ヘタなオーストラリア人より綺麗な英語だわ」と、絶賛してくれた。

しかし、何度も言うようだが、「うまい」と言われるうちは、決してうまくないのである。

それが証拠に、「英語を教えてあげましょうか」と、アルバイトで英語教師をやっていたことがあるという共演者、ヘザーが申し出てくれたし、年配のジェニファーも、「一緒に台詞をさらってあげる」とこの上なく優しい。完璧な英語だったら、こうはいくまい。

B・JもB・Jである。私の英語の上達ぶりを、毎日のように褒めちぎる。

「まあ、なんてうまくなったのかしら!」「この一週間のあなたの進歩は驚異的だわ!」「初日のあなたと同じ人とは思えないわ!」

そうまで言われると、私としてもふつふつと疑問がわいてくる。「ヘタなオーストラリア人よりも綺麗な英語」とは、一体なんだったのだろう。

ブリスベーンでの二カ月が過ぎて、芝居が一段落したある日、とっくに務めを終えてシドニーに帰っていたB・Jを訪ねた。

「まあフミ、英語がうまくなったわね。もうオーストラリア人も同然ね」

と、B・Jは相変わらず、褒め言葉を惜しんだりしない。そして、ふと懐かしそうな目をして呟いた。

「初日は『こんなところに迷い込んで来て……。かわいそうに。一体どうなるのかしら、この娘《こ》』と思ったけどねェ」

あれやこれやと思い出話に花を咲かせているうちに、あっという間にいとまを請う時間となった。私はこの後、オペラハウスで演出家と会うことになっているのだ。

B・Jは手回しよくタクシーを呼んでくれていた。そして私が荷物を集めるのに手間取っている間に、さっさと外に出て、運転手さんに行き先を告げてくれているようだった。

「ちゃんと待ち合わせの場所を教えておいたから」

と、B・Jは言った。

「監督を見つけるまでタクシーを降りちゃだめよ、危ないから」

そして、かたく抱き合って、私たちは別れた。

「お待たせしてごめんなさい」と、タクシーに乗り込むと、運転手さんがびっくりしたように振り向いて言った。

「なんだ、立派な大人じゃないか。さっきの女性《ひと》が、一人で乗せることをあんまり心配するもんだから、小さな子供かと思ってた」

「それに、英語もちゃんと通じるじゃないか。彼女は、『ぜーんぜん喋れないの』って言ってたぞ」

後の人のために

街に出ると、ときどき思いがけない時の移ろいを目の当たりにして、今浦島のような気分に陥ることがある。

たとえばこの間は、電車の中でセーラー服の二人連れがコーラを飲んでいるのを見かけた。それ自体をいけないことと非難するほど、浮き世ばなれしているわけではない。気になったのは、その先である。飲み終わると少女たちは、話を続けながら身体を傾け、少しのためらいも見せずに、自分たちの足もとに空になった紙コップを転がした。そして「じゃあね」「バイバイ」となんの屈託もなく別れていく。取り残された紙コップは電車に揺られながら、あちらの足からこちらの足へと漂い始めた。

「あら、そんなのこの頃じゃ当たり前よ」

と、ある人は事もなげに言う。

「別に、だから悪い子ってわけじゃないの。最近はみんなそんなふうよ。いけないことだって知らないのね」

私が深い溜め息とともに、今浦島であることを実感するのは、そんな瞬間である。

「今の若いもんは」とか、「自分の若い頃は」とか、そんな繰り言を絶対に口にしない大先輩がいる。その素敵なおじさまが、たった一度だけ、海外でときどき出くわす日本人のお行儀の悪さをぼやいたことがあった。

「マナーってものがなってないんだな。後の人のことをまるっきり考えてないんだから」

この日本男児は、海外に出るときは、日本という国をまるごと自分の肩にしょっていく。多くの日本人がかき捨てる旅の恥を、ひとつひとつ拾って歩くのだ。

ご高齢だから、飛行機に乗れば結構頻繁にトイレを利用する。そのたびに、置きっぱなしの石鹸が気になる。ドロドロの洗面台が気になる。だらしなくたれ下がったトイレットペーパーが気になる。だから、毎度石鹸を捨て、洗面台を拭きあげ、トイレットペーパーを折り返し、ついでに鏡まで磨いて出てくる。

「ホテルなんかでも、後から来る人のためにドアを押さえるってことをしないんだな」

ドアを開けたら後ろをチラリと振り返って見る。続けて人がやって来ていればその人のために、ちょっとだけドアを押さえておいてあげる。次の人が笑顔でドアを引き継ぐ。こうして笑顔とともに滞りなく人は流れて行く。

とある国のとあるホテルの入口で、おじさまはいつものように笑みを浮かべて後ろの人の

ために ドアを押さえていた。そこに、ドドドッと日本人の団体がなだれこんできた。誰も笑顔を返さない。誰もドアを引き取ってくれない。ドアを押さえている者などには目もくれず、われ先にとホテルに入って行く。

「その間ずっとドアマンよろしくつっ立ってたよ。いやになっちゃったねえ……」

この方、日の本《もと》では大会社の大会長さんである。しかし、外《と》つ国ではこうしてときどきドアマンとしての辛酸《しんさん》もなめているらしい。

すべては「知らない」というところから始まっているのだろう。日本ではどこへ行っても自動ドアである。ドアを押さえておくのが礼儀どころか、「ドアにはさわるな」と小さいときから繰り返し教えられる。

オーストラリアでの初舞台も、千秋楽を二、三日後に控えた頃、やっとのことで台詞以外のことを考える余裕が出てきた。そういえば、ブリスベーンでもアデレードでもアパートと劇場を往復するばかりで、何ひとつ観光らしいことをしていない。三カ月もオーストラリアにいたのに、この国のことを何も知らないと、ふと後ろめたさを感じた。

翌朝、私はささやかな冒険を試みることにした。早起きして、劇場までバスに乗るのである。今までは、時間がもったいないからとか、迷って遅刻したら大変だからという理由で、いつもタクシーを使っていた。

しかし、バスに乗ろうと決めたはいいが、どこから乗ればいいか、まずそんなことからしてわからない。停留所を見つけると今度はいつバスがやって来るかが、バスが来たら来たで本当に目的地まで連れていってくれるかが、不安になる。

不安の塊を抱えてのバスの旅は、決して楽しいものではなかった。アデレードの美しい街並みも、さやかに揺れる緑も、腕時計を覗きこむたびにうつろにかすんでしまう。右を見ても左を見ても知らない景色が映っている。

(ああ、間に合うかしらん)

(ああ、バスなんて使うべきじゃなかった)

百ぺん目の後悔をしていたとき、目の端に見知った建物が飛び込んできた。と、思う間もなくバスは止まり、後ろのドアが開いた。(助かった!)と、反射的にバスから飛び降り、まっすぐ劇場を目指して走った。

五十メートルばかり走ったろうか、後ろから「ちょっと、ちょっと!」と、すごい声で呼び止められた。振り向くと、八十がらみの白髪の上品なおばあさんが、ゼイゼイ息を切らしながら、私の方に向かって走ってくる。

「私はあなたの後ろにいたのよ」

と、おばあさんは叫んだ。

「人が後ろにいるときは、ちゃんとドアを押さえておかなくちゃだめじゃないの。閉まりかけたドアに挟まれそうになったわ」

ごめんなさい、初めてバスに乗ったので、ごめんなさい、日本は自動ドアなので、ごめんなさい、知らなかったので……、しどろもどろの英語で平謝りに謝る私に、おばあさんは噛んで含めるように言った。

「いい？　ドアは後ろの人のために押さえとくものよ」

そして静かに踵を返し、去っていった。

私はオーストラリアを知らない。コアラも見なかったし、カンガルーにも遭わなかった。ゴールド・コーストにも、エアーズロックにも行かなかった。

でも、辛うじてバスの降り方だけは知っている。みんなあのおばあさんのおかげである。

ゆかし

①行きたい・見たい・聞きたい・知りたい。「そも、まゐりたる人ごとに山へのぼりしは、何事かありけむ、ゆかしかりしかど、神へまゐるこそ本意なれと思ひて、山までは見ず」（徒然草）。②上品で心ひかれる。「さてもゆかしくわたらせたまひける御よそほひの、いつしか変り衰えさせたまひけるはや」（吉野拾遺）。

第三章　アフリカ、カナダ、旅はゆかし

「山路来て何やらゆかしすみれ草」

この有名な句を、私はどうやら今までまるっきり誤解していたようである。

つまり、松尾芭蕉が山の小道のかたわらで見つけた「すみれ草」は、「奥ゆかし」かったんだとばかり思っていた。ひっそりと、控えめで、上品で、つつしみ深くて……。だってほら、「あの人、ゆかしい人ね」っていうのは、そういう「すみれ」みたいな人のことでしょ。

しかし、辞書を見ると、どうもそうではないようだ。

【ゆかし】①心が惹かれる。見たい。聞きたい。知りたい。②懐かしい。慕わしい。

ある辞書には、②の「懐かしい」「慕わしい」というところに、例文として「山路来て何やらゆかしすみれ草」があげられていた。

「ゆかし」は、普通「床し」と書くが、もとをただせば「行かし」で、「そちらへ行きたい」ということらしい。「ゆかしきもの」は、派手でも、大袈裟でも、やかましくもないから、そちらの方へ近づいて「行かない」と、さらによく見たり、聞いたり、知ったりすることができないのである。

なるほどね、だから控えめで謙虚な人を「奥ゆかしい」と思ったりするのだ。その奥に、きっと素敵な人柄が隠れているのだろう、それを「見たい、聞きたい、知りたい」と「心が惹かれる」わけだ。

そういえば、私は昔から無口なオトコに弱かった。みんなでワイワイお酒を飲んでいるときに、ひとりぽつねんと会話の外にいる人を見ると、ついちょっかいを出したくなる。お世話してさしあげたくなってしまう。

あれも、きっと「ゆかし」だったのだろう。

で、なんとか喋らせよう笑わせようと腐心した結果、「なぁんだ、喋るだけの内容を持ち合わせていないだけなんじゃないの」と、腹立たしく思うことたびたびであった。

恋は「ゆかし」と思うところから始まる。しかし、「ゆかし」と思ったまま終わることは少ない。もっともこれは、私のオトコ運の拙さゆえかもしれない。

旅もまた「ゆかし」と思うところから始まる。こちらの方は、「ゆかし」と思って行って、裏切られても裏切られても、ますます「ゆかし」となっていくから不思議である。

どうやら、旅の運にだけは、恵まれているらしい。

トラブルズ・チェック

どちらかというと、頻繁に災難がふりかかってくる方である。そしてそういった災難の類いは、どういうわけか「気をつけてくださいね」と、何度も繰り返し言われたときに限ってやってくる。

「この列車は『泥棒列車』とみんなから呼ばれてるくらい盗難が多いんです。くれぐれも気をつけてください」

と、旅行社のA氏が何度目かの「気をつけて」を口にしたのは、パリのリヨン駅。私たちはヴェネチアに向かう夜行列車に乗り込むところだった。

母、私、そして私の友達のアッコさんとの女三人旅。当初の予定では、パリ―ヴェネチア間は飛行機で行くことになっていた。ところが、航空会社の突然のストライキで、「泥棒列車」の異名を取る夜行列車を使うという、やむなきに至ったのである。

「鍵は必ずかけてください」

A氏の計らいで、コンパートメントはヴェネチアまで私たち三人専用ということだった。

「本当に、気をつけてくださいねーッ！」

A氏の最後の「気をつけて」に送られて、私たちは「泥棒列車」に揺られて、パリを後にした。

「でも、三人だけで使えてよかったわねェ」

と言いながら、カーテンをおろし、コンパートメントの鍵をかけた。パジャマに着替え、窮屈なベッドにもぐりこんだ。

しかし、ゆめゆめ油断するものぞ。寝ながらも、ショルダーバッグはたすきに掛け、簡単にはずれないように、ひもをグルグルにねじっておいた。

しかし次の朝、母の私をなじる声で目が覚めた。

「あなた、なんでバッグを戸口のところに置いてるの。危ないじゃない！」

「なに言ってるの。私がそんなことしてるわけないじゃない。私は用心深くちゃあんと肩に掛けて……ホラッ」

と、自分の肩を指差す。バッグの肩ひもはキチンと私の身体にはりついている。

だが、そのひもを手繰《たぐ》ってみて仰天した。なんと、バッグの本体がついていないのである。ひもが途中からブッツリと切られているのだ。

結局、被害にあったのは私だけだということがわかった。母はバッグにお金を入れておらず、アッコさんのトラベラーズ・チェックは、見逃されていた。

「旅行に現金を持ち歩くバカがいるかよ」

と、帰ってから、アッコさんの夫に、さんざんバカにされた。夫は私の同級生。今は銀行員である。妻は夫の銀行の旅行小切手《トラベラーズ・チェック》を持っていた。

私としては、お金を盗《と》られたことよりも、人から四の五の言われたことの方が余っ程腹立たしい。しかし、その腹立たしさを通して貴重な教訓を得た。

(そうか、面倒臭くて敬遠してた旅行小切手だけど、アレには泥棒からも敬遠されるという、いい点があるのか)

以来、旅行小切手の愛用者になった。

旅ごとに一冊作る。すると旅の終わりには必ず一枚、二枚残る。その残りを「お小遣い」としてパスポート・ケースにへそくっては、ホクホクしていた。

あるとき、蚤の市で有名なロンドンのポートベロー通りを歩いた。

「ここはスリが多いから気をつけてね」

と、一緒に歩いていた友達が言った。彼女はヨーロッパに長いこと住んでいる。

「ウン。私って意外と用心深いんだ」

と、私はバッグをポンと叩いた。大丈夫。現金は電車賃ぐらいしか持ってない、この賢さ。

それから小半時、人ごみの中を練り歩いたが大して面白いものもない。さて帰ろうかと、道路を渡ろうとしたとき、ふと綺麗なブローチが目にとまった。「ま、素敵」と、しばし二人で見とれていると、後ろからものすごい勢いで私のバッグを引っ張る人がいる。引っ張りながら、

「危ない、危ない、バッグが開いてるよ！」

と、スペイン語でまくしたてている。振り返ると、初老の小柄な夫婦連れである。

バッグを調べてみた。パスポート・ケースが抜かれている。

「だから言ったのにぃ！」

と、友達が、私以上に情けなさそうな声でわめいた。

「でも、パスポートと旅行小切手が入ってるだけよ。盗んでも役に立たないわ」

「あら、よかった。じゃ、申請すればお金だけは返ってくるわね。番号の控えは？」

番号は控えていなかった。私は旅行小切手は盗まれないもの、トラブルを未然に防ぐものと、かたく信じていたのである。

「信じられないぃ！」と、友達はまた叫んだ。それから、「私言ったのにぃ」と「信じられないぃ」を百ぺんぐらい繰り返した。

数日後、パスポートは戻ってきた。しかし旅行小切手は、キレイに抜かれていた。

「番号を控えてないなんてェ！」と、友達がまたまた叫んだ。

以来、友情に小さからぬヒビが入った。

旅のご褒美

百ぺん旅をしても、二百ぺん旅をしても、いっこうに旅慣れない。

大体、荷造りからして苦手なのである。旅先は暑いだろうか、寒いだろうか。スーツケースにカーディガンを入れてみる。出してみる。やっぱり入れてみる。そうやって迷っているうちに、毎回徹夜となる。

徹夜までして荷造りしても、たいてい何か大事なものを忘れている。用もないものばかりが詰め込まれていて、かばんはいつも重すぎる。

永六輔さんほどの旅の達人になると、替えの下着など持っていかないのだそうだ。毎晩、お風呂で洗濯する。それをよく絞ってバスタオルに包む。ベッドから床に置いたバスタオル目がけて、素っ裸で繰り返しダイビングする。これであらかた乾いてしまうのだという。

「なるほど」と感心はしたが、さすがにそのまねはできない。だが、旅先で、こまめに洗濯することだけは覚えた。ヨーロッパなど乾燥しているから、面白いほどよく乾く。お風呂のカーテンレールを物干し竿の代わりにして洗濯物を干しておけば、一晩でバリバリになる。かばんが少しだけ軽くなった。

しかしある日、フラリと部屋に帰ってみて青くなった。代用物干しに吊されたパンツの下で、金髪碧眼《へきがん》の美青年が、せっせとバスタブを洗っているのである。これにはまいった。ハウスキーパーは女性だとばかり思っていたのだ。以後、用心深く、昼の間は洗濯物をクローゼットの隅に隠しておくことにした。

いつまでたっても旅慣れないのは、「ボンヤリ」のせいもあるかもしれない。とにかく、忘れ物、失《う》せ物が絶えない。

えも言われぬ美しいところに行って、「さあ、写真を」というときに、必ずカメラを忘れている。さんざん探してやっと素敵なお土産を手に入れたと思ったら、思う間もなくどこかに置いてきてしまう。セーフティー・ボックスに全財産とパスポートを入れたまま、チェック・アウトしてしまう。旅というと、そんな情けない思い出ばかりである。

いつだったかイタリアでロケをしたときも、たびたびその手の騒動を巻き起こしては、ホテルのご主人をあきれ返らせていた。

しまいには「忘れ物はないか？」と、ホテルを出るたびに確認されるようになった。

仕事を終え、さて帰国というときも、「忘れ物は？」と、しつこいほど訊かれた。

「ない」と、私は自信を持って言い切った。荷造りのあと、珍しく部屋をグルリと見回してきたのである。

「本当か？」と、ご主人は疑り深そうに、私の部屋に確認に行った。そして、間もなくニコと戻ってきて、言った。

「よし、いい子だ。ご褒美をあげよう」

小さな、可愛らしい紙包みだった。私は感激して、ご主人と熱い抱擁を交わして、別れた。

バスの中で、紙包みを開けてみる。

私の洗濯物が小さくたたまれて入っていた。

金髪碧眼の美青年に見られてはと、クローゼットの隅に隠し干しておいた分であった。

誰も知らなかったパリ

「どんな秘境にも行ってきました」と胸を張る、屈強の日本人撮影スタッフと仕事をしたことがある。サハラで遊牧民を追い、数カ月テント生活をしただの、カンボジアで戦火をくぐりながら取材しただの、タンザニアでは野生動物を追い求めて、密林の奥深く分け入っただの、ウソかマコトか、彼らの生死を賭けた冒険譚は枚挙にいとまがない。

そんな頼もしい日本男児と一緒に、テレビの取材に出掛けることになった。

行き先は、花の都パリである。

その花の都で、彼らの意外な弱点が露呈された。サバイバルには滅法強い彼らも、文明となるとからきしダメなのである。

「フランス料理なんて一回食べたら、二週間は匂いも嗅《か》ぎたくないよな」と言って、キッチンつきのアパートメント・ホテルを借り、大量の食材を日本から運び込んで、自炊に及ぶ。風呂の修理人がつかまらないのでしばらくシャワーで我慢してくれと言う支配人に、「日本人にとってどれほど風呂が大切かまったくわかっていない」と、血相を変える。休みというと、外にも出ず麻雀に明け暮れる。

人には「郷《ごう》に入っては郷に従え」のタイプと、どこへ行っても「おらが流」をまかり「通す」タイプの二種類あるとは思っていたが、世界を股に掛ける彼らの強さの源が、「おらが流」にあるとは思ってもみなかった。

なるほど考えてみれば、慣れぬ食べ物や慣れぬ風習に無理に身体を合わそうとするのは、エネルギーの浪費といえなくもない。つつがなく仕事を済まそうと思ったら、徹底的に自分のスタイルにこだわること……、それこそ長年の旅から学んだ、彼らなりの知恵なのかもしれない。

となると、しかし、旅の楽しみは一体どこにあるのだろう。

移動の車の中で、彼らは必ず寝ている。前夜の麻雀でお疲れなのだろうか、あたりの家並みがどんなに美しかろうと、雲間から漏れる光がどんなに荘厳な模様を描いていようと、まったくお構いなしで寝ている。

私はといえば、眠れない。どちらかというと「郷に入っては……」の部類の人間なのである。旅の一番の楽しみは「違い」を味わうこととかたく信じているからだ。

だからパリに行ったら、朝は焼きたてのクロワッサンとあつあつのカフェオレで始めたい。ご飯と海苔《のり》とインスタント味噌《みそ》汁《しる》の配給ではあまりにも情けない。

毎日とはいわないが、時には美味しいフランス料理も食べてみたい。なんていったってここはパリなのだもの。

しかしスタッフは、行き当たりばったりに、ノートルダムの真ん前の、絵葉書やお土産も売っているようなカフェに入って、ステーキを食べ、「うん、やっぱりフランス料理はまずい」とボヤいているのである。

そうやってできあがった番組は、『誰も知らなかったパリ』という題名であった。

キープ・スマイリング

日本人は「日本人論」、「日本論」が大好きなのだそうだ。『菊と刀』『日本人とユダヤ人』『人間を幸福にしない日本というシステム』……、ベストセラーをつらつらと思い浮かべてみると、確かにそんな気もしてくる。

でも、アメリカ人だって、日本人に負けず劣らず「自国民論」が好きなのだ。

「フミ、アメリカ人のことどう思う？」

と、初対面の日、アメリカの女優メロディから、興味津々《しんしん》といった面持《おもも》ちで尋ねられた。

「そうだ。正直に言わなくっちゃいけない。ボクらはアメリカ人じゃない。カナダ人なんだから、どんな悪口言われたって関係ない」

と、監督のシェルダンも、ニヤニヤ笑いながら私に詰め寄った。

そんなこと言われたって……、困る。

太平洋のはるか彼方《かなた》、小さな島国に育った私の目から見れば、カナダも合衆国も、同じ「アメリカ」なのである。広い家、大きな車、巨大なスーパーマーケット、ちょっと鼻にかかった英語。それに「カナダ人」とおっしゃるが、お二人ともその母国カナダを去ることウン十年。ハリウッドに豪邸を持ち、市民権も持つ、立派なアメリカ人でもあるのだ。

こういう場合にどう答えるかは、非常に微妙である。調子に乗って悪口を言えば、相手は気分を害するかもしれない。ことなかれ主義的に言葉を濁せば、「つまらないヤツ」と決めつけられるだろう。言葉のウラのウラを読む複雑さは、アメリカ人にはないのだもの。

しかし、そんなこと口が裂けても言えない。私はこれから三カ月も、この人たちと一緒に仕事をしなければならないのだ。

「アメリカ人はとてもフランクですね」

と、私はやっと言葉を探して言った。

「時として、フランク過ぎるかもしれない」

この一言が余計だった。

「フランク過ぎて悪いのは、どういう場合だ？」

「フランク過ぎて気に障ったら、『あんたには関係ない』って、ピシャリと言えばいいじゃない」

「むしろ素直に自分の感情をあらわさない、日本人の方が問題だと思う」

と、機関銃のようにまくしたてられて、私は言葉を失った。

だから、困ると言ったのだ。

しかし、アメリカ人が「フランク」というのは、私の正直な気持ちである。初めてアメリカに渡ったとき、そのフランクさが、眩《まぶ》しいほど新鮮に映った。目が合えば、誰でも笑顔で「ハーイ！」。顔を合わせるたびに「ハウ・アー・ユー？」。別れるときには、かたく抱き合って「ハヴァ・ナイス・トリップ！（良い旅を）」。笑顔を見せれば、必ず笑顔を返してくれる。それが、アメリカだった。

日本に帰って、不機嫌そうな顔で街を歩く人の波にもまれ、軽いめまいを覚えた。日本がこんなに愛想の悪い国だとは知らなかった。なぜみんな、話すときに相手の目を見ないのだろう。人にぶつかっておいて、「ごめん」の一言もないのはどうしてだろう。

大学を卒業した日、みんなでホテルのスイートを借りてパーティーを開いた。食べ物と飲み物を持ち寄り、十数人で夜通し語り合う。それがその頃の流行《はや》りでもあった。

真夜中、私は息を切らせながらホテルに駆け込んだ。仕事で遅くなってしまったのだ。都心の大ホテルといえども、さすがに深夜はひっそりとしている。

エレベーターには先客がいた。身の丈二メートル、胴回り一メートルほどの大男が、頬と鼻を赤くして立っている。地下のバーで飲んできたのだろうか。テンガロン・ハットをかぶっているところを見ると、アメリカ人らしい。私はなるたけ目を合わさないようにして、エレベーターに乗り込み、友達が待つ階のボタンを探した。

胸がチクリと痛んだ。アメリカではエレベーターに乗ると、見知らぬ同士でも「ハーイ！」と声を掛け合うのが慣《なら》わしではなかったか。その笑顔に、幾度となく心が和《なご》んだのではなかったか。

私は思い切ってその人を見上げ、ニッコリ笑った。隠居したカウボーイといった感じの大男は、（救われた）というように笑顔を浮かべて私を見下ろした。「ハーイ！」という低い声。私も小さな声で「ハーイ」と答えた。

「どこへ行くの？」

「友達のところ……」

羞《は》じらいながら言う私に、大男はニッコリ笑って頷いた。

そして自分の階のドアが開くと、いきなり私の腕をつかんで、言ったのである。

「ボクもキミの友達だ。ボクの部屋に行こう！」

なにしろ文化が違うのである。大いなる勘違いは、あっちにもあるし、こっちにもある。

「けど、ええでしょ、アメリカ人て気さくで……」

ニューヨークのホテルで、お茶を飲みながら微笑んだのは、大阪の女《ひと》だった。

「おかげで、どんだけ慰められたかしらんわ」

彼女は遠く故郷を離れ、長いことニューヨークで独り暮らしをしている。仕事場には、セントラル・パークを二十分ほど歩いて通う。

犬を連れている人がいる。小鳥に餌をやりに来ている人がいる。決まった時間に決まった場所を通ると、次第に顔見知りも増えて楽しいという。

ある朝、歩きながら大きな口を開けてあくびをした。すれ違いざま、大声で怒鳴られた。

「ウェイク・アップ！」ビクッと振り向くと、怒鳴った人はニッコリ笑って片目をつぶりスタスタと行ってしまった。

またある朝は、歩きながらなんだかおかしなことを思い出してニコニコしてしまった。ハッとわれにかえって笑顔を引っ込めたら、またどこかから声が飛んできたという。

「『キープ・スマイリング！』やって。ね、ええでしょ、アメリカって」

日本語は難しくない

「日本語は世界でいちばん難しい言葉だ」

と、かたく信じ、少々誇りに思っている日本人は、意外に多い。

しかし残念ながら、日本語は日本人が思うほど難しくない。

チェコのカレル大学という、ヨーロッパでも有数の由緒ある大学で、日本語の授業の様子を覗いたことがある。

教室に入ると、チェコ人の先生が黒板に大きく「人」という字と「名」という字を書き、

「『何人』という言い方と、『何名』という言い方がありますけど、どう違いますか？」

と、生徒に尋ねているところだった。もちろん、日本語でである。

ホッとしたことに生徒は誰も答えられなかった。

しかし、次にはゾッとする瞬間が待ち受けていた。十数人だか十数名だかの生徒のまなざしが、ヒタと私に向けられたのである。ただ一人の日本人に、答えが期待されているのだ。

だが、日本人にだって答えられないこともある。慌てて、その視線の束をそっくりそのまま先生のところへお返しすると、先生は不審そうに眉を吊り上げて、「『名《メイ》』は『人《ニン》』よりもフ

ォーマルな場合によく使われますね」と、言った。

授業が終わってから、生徒にインタビューしてみた。

大方はご愛嬌程度の片言しか話せなかったが、一人、驚くばかりに流暢《りゅうちょう》な日本語を操る女の子がいた。

当然、日本で暮らしたことがあるのかと思ってそう訊くと、「いいえ」と言う。

「じゃあ、なんでそんなに日本語が上手なのよ!?」

と、こちらもついつい詰問調になる。

「いいえ、まだまだ上手ではありませんけど」

と、女の子は頬を染めながら答えた。

「日本語が好きなのです。だから、家で一生懸命、本を読んでいます」

自由主義国の仲間入りをしたばかりのチェコは、大変なインフレで物不足だった。はるか東の彼方の国、日本の言葉などメジャーであるわけがなく、教材も乏しいはずで、カセット・テープでの勉強など、望むべくもない。

たった二年ほどの、授業と教科書だけの勉強で、ここまで美しい日本語が喋れるのかと、感心を通り越して感動してしまった。

「ホントォ？」と「ウッソォ！」と「超ムカツク」だけで会話を成り立たせている、どこぞの学生たちは、彼女の爪のアカでも煎じて飲めばいいのだ。

チェコ人は語学の天才なのだという。それは、近隣の大国の圧政のもと、いっときは自国語を失いかけたことさえあるという、長い苦闘の歴史の結果身についた、民族の悲しい才能なのかもしれない。

しかし、十年勉強しても二十年勉強しても、流暢というにはほど遠い自分の英語のことを思うと、語学の才のない日本人の血を受けたことを無念に感じなくもない。

もちろん、日本語に不満を抱くものではない。日本語は、これでなかなか便利な言葉なのである。たとえば、ちょっと他聞をはばかるようなプライベートな会話も、ヨーロッパなどでは声をひそめなくてもいい。日本語は国際語ではないからである。

そこで私は、日本人と一緒のときは、その国や土地や人について、感じたことを感じたままに歯に衣《きぬ》を着せず言うことで、旅の憂《う》さを捨てる慣わしにしていた。

あるとき、友達と妹の女三人で、ドイツからフランスに向かう列車に乗っていた。

コンパートメントには、ほかにドイツ人の若いカップルがいたが、二人の目には私たちの姿など映っていないらしい。互いの愛の囁《ささや》き以外は耳に入らないであろう今、日本語など雑音に過ぎないだろうから、私たちはこの恋人たちについて想像をたくましくしては、勝手放題なことを言って笑い転げていた。

夜も更けた頃、そのコンパートメントにフラリと一人の男が入ってきた。確証はないがどうもフランス人らしい。

私たちは不審に思った。ほかのコンパートメントは前も後ろもガラガラである。何を好んで込んでいるこの客室に入りこんできたのだろう。

そこで、そのフランス人を徹底的に無視し、まったくその人とは関係ない話をしているふうを装って、例によって例のごとく日本語でその人の論評を始めた。

「なーに、この人、気味悪ーい」

「私たちの美しさに魅《ひ》き寄せられてきたのよ。きっと」

「もっといい男だったらいいのに」

「これじゃあねェ」

ひとくさり悪口を並べているうちに、国境が近づいてきた。「そろそろパスポートを……」

と言って、急に不安になった。

「ね、ひょっとして、泥棒!?」

みな一斉に自分の持ち物を手もとに引き寄せ、男の方を疑わしそうに睨んだ。男はニコニコと何か物言いたげで、立ち去る気配もない。

おかげでさんざんな夜だった。ゆったり脚を伸ばすこともできないし、荷物から目を離すこともできない。

朝になって外が騒がしくなった。廊下をフランス人の一団が通る。中の一人が「あれ？」と、男を見とがめた。

「ジャン、一体何してるの、そんなところで」

男が答えた。その言葉はフランス語が不得手な私たちにも、聞き違えようがなかった。

「うん、ちょっと日本語の勉強をね……」

以後、私は肝に銘じている。

日本語は難しくない。

日本語は国際語である。

だから、どんな地の果てに行こうと、肌の色、目の色の違う人を前にしていようと、恥ずかしくない会話をしなくてはいけない。

アンを旅する

世界中どこでもいい、あなたの一番行きたいところへ連れて行ってあげます。

「どこへ行きたいですか？」

こんな夢のようなこと言われたら、アナタどうします？　私なんか迷わずに答えていましたね。

「カナダへ！『赤毛のアン』の故郷《ふるさと》、プリンス・エドワード島へ！」

というわけで、私は意気揚々と、カナダの東端、プリンス・エドワード島へと乗り込んだ。頃は六月、長い冬を終えて、今まさに春爛漫《らんまん》。プリンス・エドワード島が一番輝くときである。

しかし、残念ながら、それは気ままなひとり旅ではなかった。そうそううまい話が転がっている道理がない。むくつけき日本のをのこ（ディレクター、カメラマン、サウンドマン）に引き連れられての、仕事をいっぱい背負った旅だったのだ。

「赤毛のアンの故郷を訪ねて」という取材意図であったにもかかわらず、同行の殿方のアンへの関心度はいま一歩のようだった。

カメラマン氏など、言うのだ。

「俺さァ、道みち読もうと思って持ってきたんだけど、二、三ページで眠くなっちゃうのよね、コレ」

眠くなる！　なんということだろう。私なんか百ぺん以上も読んでるけど、眠くなったことなんて一ぺんもない。それどころか、『赤毛のアン』の『赤』の字を見ただけで、いまだに胸が高鳴るというのに。ああ、なんてことだ。眠くなる!?

「も、もう少し読んでみて、もう少し。きっとやめられなくなると思うから。だってホラ、やっぱり風景なんか撮るとき、イメージって大事じゃない。ねッ！」

トロントから、プリンス・エドワードへと向かう飛行機の中で、私は必死になってカメラマン氏に頼み込んでいた。

しかし、その願いもむなしく、数分後そーっと氏の席を偵察に行ってみると、氏は本を片手にスヤスヤと気持ちよさそうに寝入っている。本はさっきから一ページも進んでいない気配だった。

プリンス・エドワードに降り立つと、眠り足りて、氏は元気いっぱい。

「いやあ、いい天気だ、仕事をしよう！」

「で、イメージ湧いた？」

「え？　あ、いけね、忘れてきちゃったよ、本。座席のポケットに！」

いまだに、アレは未必の故意ではなかったかと、私は疑っている。

「むくつけきをのこ」と、先程申しあげた。決して、姿かたちを決めつけての言葉ではない。わが眷恋《けんれん》の物語に対する姿勢、それがなんとも「むくつけし」だったのだ。

さてしかし、空は青く、緑は柔らかである。そよ吹く春の風に私の心は和らぎ、「赤い道」「輝く湖水」「すみれの谷」「おばけの森」と、アンの世界に出会うたびにご機嫌になってゆく。

「むくつけきをのこ」たちも、それなりに楽しい道連れに思えてくるから不思議である。

「どこを撮っても絵になっちゃうから、面白くないんだよなァ」

「チマチマと綺麗で可愛くて、女の子好みだね。オレとしては、カナディアン・ロッキーみたいに雄大なのがいいな」

なあんて、おっしゃることがかわゆいじゃありませんか。『赤毛のアン』を百ぺん読んでいれば、もっともっと味わい深いのにねェ。

言うまでもないことだが、「アン」は実在の人物ではない。今から百年近く前にルーシー・モード・モンゴメリという女性が書いた物語の女主人公《ヒロイン》である。

アンが住んだアヴォンリーという村も架空の村、アンの家、グリーン・ゲイブルズ（緑の切妻屋根の家）もお話の中の家。

しかし、モンゴメリがその生い立ちの大半を過ごしたキャヴェンディッシュは、確かにアヴォンリーを彷彿《ほうふつ》させるし、そこにはちゃんとグリーン・ゲイブルズがあり、アンの部屋も、アンのベッドも、アンがギルバートの頭を叩いて割ってしまった石板までが用意されている。

「歓喜の白路」「ドライアッドの泉」「恋人の小径」……。アンは自分の好きな場所に、ピッタリの名前をつける名人だった。もちろんこの名を本当につけたのはモンゴメリ。だからモンゴメリを訪ねて行けば、いつか必ず物語の場所に出会えるはず……。

と、取材はモンゴメリを追って、その生家、大好きだった従兄弟《いとこ》の家、教会など、プリンス・エドワード島を転々と歩きまわった。

その行く先、行く先で出会った日本人のカップルがあった。

「新婚旅行なんだって」と、早耳のスタッフが、早速どこからか情報を仕入れてきた。

「奥さんが『赤毛のアン』の大ファンなんだってさ。帰るまでに、もう一ぺん全部回りたいって言ってたよ」

「旦那が大変だよなァ」

スタッフはさかんに、旦那サマに同情している。どうやら、私の思い入れに引きずり回されている自分たちの身の上を、暗にこぼしているようである。

「アラ、旦那サマだって、アンが好きだからはるばるここまでやって来たんじゃないの？」

と、私は抗弁した。

そうだ。世の中の男のすべてが「むくつけきをのこ」とは限らない。

「漫画家のサトウサンペイさんだって愛読書は『赤毛のアン』だっておっしゃってるわよ。そういう、もののあはれを理解する男の人だってちゃあんといるのよ！」

しかし、奥様の半歩後ろをユラリユラリと歩いていらっしゃる旦那サマのお顔は、あはれ深そうにも見え、つまらなそうにも見え、どちらとも結論がつかず、結局、「あの旦那は偉いッ！」と、みんなで言い合って終わったのだった。

この話には後日譚がある。

「アン旅行」から一年半ほど過ぎた正月、知らない名前の方から、山ほどの水仙が送られてきた。

「私は『赤毛のアン』の大ファンです」

と、手紙には書いてあった。

アンが好きで好きで、新婚旅行はとうとうプリンス・エドワード島まで行ってきました。そして真っ先に、グリーン・ゲイブルズに寄りました。すると、驚いたことに、そしてがっかりしたことに、日本人とおぼしき背の高い女性と、撮影隊みたいな人たちが、渡してあるロープの中へズカズカと入って撮影しているのです。それから行く先、行く先でその人たちと会うのです。主人が「あの人、ダンフミさんだよ」と、教えてくれました。私は、まさかアンのことを取材しているとは思わず、「なんだろう、イヤだなァ」と思っていました。

ところが、先日ある雑誌でダンさんがアンの大ファンであることを知り、急にお便りしてみたくなりました。

プリンス・エドワード島には何回ぐらいいらしているのですか。私ももう一ぺん行きたくてたまらないのですが、とてもそんな余裕はないし、一回目は我慢してくれた主人もきっと、今度外国へ行くときは別の場所がいいと言うでしょう。でも私は十ぺんでも二十ぺんでもプリンス・エドワード島へ行きたいのです。あそこの自然はアンそのものなのです。

馥郁《ふくいく》たる水仙の香りに包まれながら、私は「真っ白な水仙みたい」だというアンのことを考えていた。アンが愛した海は、星は、夕焼けは、花は、小さな可愛らしい家々は、女の子だけのものなのだろうか。

「むくつけきをのこ」とは、永遠にアンの世界をわかちあうことができないのだろうか。

わが愛《いと》しのライオン族

映画『愛と哀しみの果て』は、その年のアカデミー賞主要部門を独占した、いわゆる名作である。しかし、初めてケニアに行ったときに、私がその映画について思い出したことといえば、カバのいる河のほとりで、メリル・ストリープがロバート・レッドフォードに髪を洗ってもらう場面ぐらいだった。文化度の低い私にとっては、ただただ長い退屈な映画に過ぎなかったのだ。

今回、二度目のケニアの旅を終えて、改めて『愛と哀しみの果て』を観なおしてみた。原題は『アウト・オブ・アフリカ』。カレン・ブリクセンの小説（日本では『アフリカの日々』とか『アフリカ農場』とか訳されている）と同名だが、小説そのものの映画化ではない。むしろ、ブリクセンの「愛の物語」といった趣《おもむき》の方が強い。ケニアの雄大な自然、選《え》り抜きのエピソード、理想の恋人。行ってきたばかり、読んだばかりというせいもあろうが、丹念に観かえしてみると、どこもかしこも興味深く、私のケニア旅行の思い出がそのまましまわれている、美しい宝石箱のように思われた。

小説『アウト・オブ・アフリカ』の方は、実をいうと今回のケニア行きまで、読んだことがなかった。映画の冗長なイメージが強かったものだから、どうせ退屈な話だろうと敬遠していたのである。

ブリクセンは、「二十世紀最高のストーリーテラー」と呼ばれた女性《ひと》である。かの文豪へミングウェイに、ノーベル賞受賞の日、「もしこの賞が、あの美しいアイザック・ディネーセン（ブリクセンのアメリカでのペンネーム）に与えられていたとしたら、私は今日もっと嬉しく……無上に嬉しく思ったことでしょう」と言わしめた作家である。この年になるまで知らずにいたのは、不幸なことだったかもしれない。

しかし、ケニアという地でブリクセンの本をひもといた幸運の方を、私は感謝したい。ブリクセンの紡《つむ》ぎ出す言葉の魔術とあいまって、今回のアフリカの旅は、私にとって特別なものになった。人も、動物も、自然も、輝きを増した。カレン・ブリクセンと出会うのに、これ以上望ましい場所はなかったと思う。

もともと、私にはケニアに特別な思い入れがあった。ジョイ・アダムソンの『野生のエルザ』を読んで以来、ああいうふうに生きるのが夢だったのだ。つまり、どうにかしてみめ麗《うるわ》しい狩猟監視官と知り合い、妻になり、サバンナを駆け巡って、野生動物と暮らす。

しかしある日、アダムソン夫人が変死したというニュースを聞いた。最初は、飼っていた猛獣に殺されたのだという風聞だった。そのうちに、アダムソン夫人は実は人使いの荒い吝《りん》嗇家《しょくか》で、従業員の恨みを買っていたらしい、という噂が入ってきた。真相はいまだに闇の中らしいが、私の「エルザ」への未練、憧れは、あのあたりから薄らいでいったような気がする。

だが、今回のケニア旅行で、ジョイ・アダムソンに対する認識も、また新たにする。

ナイロビの国立博物館には、野生動物の標本や剝製《はくせい》とともに、アダムソンの遺《のこ》した肖像画がズラリと展示されていた。キクユの花嫁、カンバの薬師、マサイの戦士たち、さまざまな装束をつけた酋長《しゅうちょう》、呪術師……。アダムソンは夫とともに各地を旅していくうちに、アフリカの伝統的な文化がどんどん消えていくのを目の当たりにする。なんとか今のうちに記録しなければと、得意のボタニカルアート（植物画）の腕をいかして、数十にのぼる部族の人々の様子を克明に描いたのだった。そこには当時の写真技術では写すことのできない微妙な部分が、きっちりと記録されており、その仕事の膨大さ、成し遂げられたことのかけがえのなさに胸をつかれた。

ジョイ・アダムソン、カレン・ブリクセン……。いずれも毀誉《きよ》褒貶《ほうへん》かまびすしい女たちである。アフリカの人たちにしてみれば、搾取《さくしゅ》されたという恨みの方が強いかもしれない。西洋の論理で何を勝手なことをと、腹立たしく思っている人も多いだろう。

しかしこの二人によって、再び見られない旧《ふる》きよきアフリカの姿が、今にとどめられたことは否定できない。それは、そのままアフリカの誇りであると、私は思う。

カレン・ブリクセンはかなりエキセントリックな人だったらしい。束縛を何より嫌う恋人デニス・フィンチ・ハットン（映画でロバート・レッドフォードが演じた）に結婚を迫り、死別する寸前には、かなりの修羅場を演じたという。しかし、飛行機事故でデニスを失ったことによって、彼女は恋人を永遠に我がものとした。小説『アウト・オブ・アフリカ』には、二人の齟齬《そご》の部分はまったく登場せず、ひたすら愛し、信頼しあう理想的な恋人たちの姿が描かれている。

デニスの遺体は、ブリクセンに引き取られ、彼女の家から見はるかすことができるンゴング山に葬られた。そこは、もとはといえばブリクセン自身が、アフリカに骨を埋めるのなら「ここに」と望んでいたところである。そのあたりにも、恋人を永遠に手放すまいという、彼女の意図が見え隠れする。

ンゴングとは「握り拳《こぶし》」という意味らしい。四つ並んだなだらかな峰が、ギュッと拳を握ったときの指のつけ根の骨の形のようだから、その名がついたという。

ンゴング山を越えると、いきなり広く深い谷が眼下に現われて、息をのむ。アフリカ大地溝帯である。この眺めが素晴らしい。そこから見えるのは、まさに「地球」という惑星なのだ。地球のヒズミ、地球のシワ。太古に隆起したり陥没したりしてできた地形。

デニスの飛行機に乗って、ブリクセンは何度もアフリカ上空を巡っている。「デニスは『神の目から見た世界』をプレゼントしてくれた」と、後に述懐しているが、「神の目」とは、彼女の家からまっすぐに飛んで、ンゴング山を越え、大地溝帯にいたったときの高揚感を言っているのかもしれない。

そのンゴング山を越えて、ナイロビからマサイマラへと向かう。

ナイロビはちょうど春爛漫だった。ジャカランダの花が今を盛りと咲き誇っていて、空から見ると、青紫の霞をあちこちに散らしたようで溜め息が出るほど美しい。

しかし、山を越え、大地溝帯に入ると様相は一変する。そこは見渡す限り大地の紋様が広がる、土色の世界。はるか遠くに雲が湧き、雨が降るのが見える。

今回、マサイマラで私が見たかったものは、三つあった。一つは野生の象。もう一つはライオンの群れ。そして何より見たかった、というより会いたかったのは、マサイ族。世界最強の戦士、疲れを知らぬ恋人といわれている人たちだった。

「ガードマンにするなら、絶対マサイですよ」

と、ある人が私に言った。

「とにかく勇敢ですからね。主人を守るためなら、命を捨てることを厭《いと》わないんです」

カレン・ブリクセンもマサイ族には、特別な畏敬《いけい》の念を抱いていたようだ。『アウト・オブ・アフリカ』のいたるところに、マサイ族に関する記述がある。

「マサイ族を奴隷にすることはできない。牢にも入れられない。牢に入れたら三カ月で死んでしまう」「軛《くびき》をかけられては生きていかれないことから、マサイ族はこの国の全種族のうちでただひとり、移住してきた貴族と肩を並べてきた」

楯《たて》と槍《やり》を持って、細いしなやかな足でピョンピョン跳ぶだけが、マサイ族ではない。その独特の死生観、人生観に是非ともふれてみたかった。

飛行機の窓からキリンの親子が見えた。シマウマの一群も、そして、なんとあそこに見えるのは象ではないか。

いよいよマサイマラだと教えられた。

「マラ」とは「蛇行する河」という意味である。その「マラ」が窓の下に流れている。

『愛と哀しみの果て』で唯一私の記憶に残っていた場面、メリル・ストリープがロバート・レッドフォードに髪を洗ってもらうシーンは、この河のほとりで撮影されたという。

「ちょうど、我々の泊まるロッジの下あたりでロケしたそうですよ。カバの溜まり場ですよ」

「今は、そこにヌーの大群がやって来ているそうです」

嬉しい情報である。ヌーが来ているということは、捕食動物のライオンもいるということにほかならない。

翌朝、早速ゲーム・ドライブに出掛けることにした。

出発からほどなくして、二頭の象に出会う。藪《やぶ》に沿ってゆったりと歩いている。

その象をユルユルと追っていくうちに、今度はライオンの群れに出会った。四、五頭のメスライオンと子供たち。野生のライオンをほんの十メートルほどの間近で見られたことに興奮して、大はしゃぎの私だったが、あちらは人間の車など見慣れているのか、「へ」とも思っていないらしい。眠たげにあくびを繰り返している。

運転手がトランシーバーに向かって何ごとか囁く。すると、次から次へと観光客を乗せたランドローバーがやって来る。そうか、百獣の王ライオンは、観光の目玉なのだ。

そこへ、藪の中から象の大群が現われたから大変である。トランシーバーにひっきりなしに問い合わせが入る。車の数がずんずん増える。私としては象も見たいが、ライオンの様子も気になる。しかしウカウカしていると、ほかの車に絶好の見物場所を取られてしまう。そうやって右往左往している私たちを尻目に、ライオンは居眠りを始め、象は隊列を崩さず、悠然と立ち去っていった。

目当ての動物はこうして難なく見られた。ではこれで満足かというと、そうではない。何度見ても飽き足りないのだ。毎日でもサファリに出たいのだ。今日はどんな動物が見られるだろう、今日こそはライオンの狩りが見られるかもしれない。象の砂浴びも見たいと、いっときも宿でグズグズしてはいられないのである。

しかしその一方で、罪の意識にも囚《とら》われる。

車の撒《ま》き散らす排気ガス、草の上に残る轍《わだち》の跡。ここは動物たちの領域ではないか。私たちのしていることは、動物にとっては迷惑なのではないか。

動物の中でただ人間だけが、生態系を侵す。アフリカ全土を自由に往き来していた、象が、ライオンが、今は狭い土地に押し込められて暮らしている。そして、その聖域へさえも人は土足で踏み込んでくるのだ。

ただ、こうした観光収入が、保護区の動物たちをある意味で護《まも》っていることも事実で、その辺のジレンマに、アフリカにいる間じゅうつきまとわれていた。

憧れのマサイ部落へ案内してくれたのは、ライナスという、私と同年輩の男性だった。

ライナスは生粋《きっすい》のマサイというが、巧みに英語を操り、洋風の身なりをし、一応のレディーファーストなども心得ていて、私のイメージしていたマサイ像からはだいぶ遠い。アメリカに行けばそのままアメリカ人で通るだろう。マサイはたいてい、男も女も耳たぶに大きな穴をあけているのだが、ライナスはピアスさえしていない。「どうして」と訊くと、「小学校の入学式の日に『穴をあけるんだったら来てはいけません』と言われたんだ。僕は学校に行きたかったんでね」と言う。

そのライナスに「典型的なマサイの部落が見たい」と言うと、「お易《やす》いご用」とばかりに、ロッジからわずか五百メートルばかり離れた道端《みちばた》に連れていかれた。

ロッジへの道は一本しかない。日に何度も車でその前を通っていた。漆黒《しっこく》の肌にオルカラシャという美しい布をまとったマサイの男たちを見かけるところでもあった。牛を追って来ているのだろう、毎日、遠くまで大変だなぁと、ひたすら感心していたものである。

しかし、出会った男たちに「遠くまで大変ですねぇ」とねぎらいの言葉を掛けると、「イヤ、部落はすぐそこ」と言う。「どこ?」と丘をグルリと眺めやるが、シマウマが草をはむ以外に、生の営みの痕跡はない。「ここ、ここだよ!」と、ライナスが笑いを嚙み殺しながら、かたわらの灌木《かんぼく》の茂みを指差した。

イヤハヤびっくりした。毎日、目の前を通っていながら、そんなところに部落があるとはついぞ気づかなかった。それほど見事に、藪でカモフラージュしてあったのである。

マサイの男に対する幻想が、少しずつ砕かれてゆく。なんだ、日に何キロも牛の群れを追って来ているわけではなかったのか。日がな一日、家のそばでたむろしていただけなのか。やがて、本当に大変なのは、女たちだと知る。水汲《く》み、薪《たきぎ》ひろい……、女はそのたびに遠くまで出掛けて行く。大抵の男はサンダルを履いているが、女子供は裸足《はだし》である。マサイの部落は徹底的な男尊女卑なのだ。

ライナスは得意げに、女がしなければならない仕事を数えあげていく。炊事、子育て、乳搾《しぼ》り……。皮をなめすのも女の仕事。牛乳を入れる瓢簞《ひょうたん》を美しく仕立てるのも女の仕事、アクセサリーを作るのも、家を建てるのまで女の仕事。

「じゃあ、男は一体何をするのよ」と、険しい声で尋ねると、「牛の番」と、涼しい顔でライナスが答えた。私は、呆れて声も出ない。男たちは家から数十歩も離れていないところで、暇をもてあそんでいるだけではないか。

「いや、もうひとつ、とっても大事なことがある」

と、ライナスが誇らしげに言った。

「夜中に、何ものかが襲ってきたとき、女は男を起こすだけでいい。闘うのは男の仕事だ」

しかし、これも威張るほどのことかと疑わしい。大きなロッジが近くに建ち、車が頻繁に往来する今、利口なライオンがこんなところにのこのことやって来るだろうか。敵の部族にいたってはなおさらである。

「あなた、女に生まれなくてよかったって思ってるでしょう」

と、語気鋭く言うと、ライナスはやっと私の不快に思い当たったらしい。

「いや思ってない。女たちがかわいそうだと思う」

と慌てて何度も繰り返す。そして、突然こちらにおもねてきた。

いわく、

「日本の女の状況はどうなってる？」

「あと、何年ぐらいで、完全に男と平等になると思う？」

本当にそんなことに興味があるわけではない。

ライナスは先般、ロッジで開いている、アフリカの自然、文化講座の講師をした。そこでも、マサイの文化、つまり男尊女卑について、調子に乗ってとうとうと喋ったらしい。これが、参加していた日本女性の猛烈な怒りを買った。「あんた、世界女性会議に参加しなさい！」と、一喝されて、どうも懲《こ》りてしまったようなのだ。

マサイの男たちの動きは緩慢《かんまん》である。ロッジの「アスカリ」と呼ばれる夜警も、フウラリフウラリと、まるでスローモーションのようにしか動かない。「いったん緩急あれば」というのだが、「急」がない限り、ただの怠け者である。恐れを知らぬ戦士の面影は、どこにも見られない。

槍と楯を取り上げられてしまった今、両手に持つ、オリーブの木で作られた長短の警棒だけが、昔をしのぶよすがだろうか。

「その棒は、どんなときに使うの？」

と、訊いてみた。すると、また、がっかりするような答えが返ってきた。

「酒盛りになると、大体ケンカが始まる。長い方は殴る棒で、短い方は守る棒」

「大体、あいつらはケンカ好きなんですよ」

と、マサイ通の日本人も言う。

しかし、ケンカ好きだけがすべてではない。戦いに臨んでは命も惜しまぬというのが、いまだに最高のプライドであるらしい。この頃よく、マサイはプライドを捨てた、観光客から金を取るようになったといわれる。しかしマサイのプライドはそんなつまらないところにはないのだ。

その最高のプライドを示すために、今でもときどき、ライオン狩りに出る。狩りのときに先頭に立つものは絶対に引いてはいけない。殺されそうになっても引いてはいけない。いよいよ危なくなると、仲間が抱きかかえて難を逃れさせるのだそうだ。

マサイの部落を訪ねた後、何度かライオンの群れを見ているうちにハッと思い当たったことがある。

マサイは、ライオンを真似ているのだ。

ライオンは、強いオスがハーレムを作る。メスたちに狩りをさせて、自分は内臓の一番おいしいところを、まっさきに食べる。そして、後はのうのうと寝ている。

マサイも、金持ち（この場合、牛持ちという方が正しい）の男は欲しいだけ妻を持てる。その妻たちにかしずかれて、のうのうと暮らす。肉も男がまず、いいところを食べる。

マサイの男は、たてがみ美しい強いライオンに、自分たちの理想の姿を見ている。だからときどき、理想より理想たれと、ライオンに闘いを挑むのではないだろうか。

ここでもジレンマに陥る。

マサイの女たちの現状はあんまりだ。なんとかならないものかと思う。

しかし、女たちが変われば、愛すべきライオン族たちの存在は危うくならざるを得ない。

『アウト・オブ・アフリカ』で、ブリクセンはマサイ族を「滅びゆく種族」と呼んで、限りない惜別《せきべつ》の情を綴《つづ》っている。

「彼らは戦いを禁じられた戦士だった。爪を切られたライオンだった」

爪を切られたライオンはやがて本当に滅びてしまうのだろうか。

マサイ族の行方、動物たちの行方は、そのまま、アフリカの行方、ひいては地球の行方でもあるような気がする。

ケニアからは、目が離せない。

中年ケニヤ

アフリカ行きの荷造りをしているところに、小学校四年生になる姪がヒョッコリ顔を出した。

「おばちゃん、今度はどこに行くの？」

「ケニアよ」

「ケニアってどこ？」

私は軽いショックを覚えた。今の子供はケニアを知らないのか。

ケニアといえば、昔は知らない子がいないくらい有名な国だった。

『少年ケニヤ』のワタル少年の冒険に、誰もが胸を躍らせたものだった。

念のため断わっておくが、私が夢中になったのは山川惣治の挿絵小説ではない。テレビドラマの方である。私はそれほど古くない（テレビでも十分古いか……）。

その『少年ケニヤ』の主題歌を口ずさみながら、マサイマラの動物保護区を行く。

「アフリカだ！　ジャングルだ！　ウーッ、ワーッ！」

ひとしきり雄《お》たけびをあげたところで、はたと考えた。ここはアフリカである。ケニアである。目の前にはライオンもいる、象もいる、完璧な『少年ケニヤ』の世界である。しかし決して「ジャングル」ではない。

ケニアの動物王土マサイマラは、広大なサバンナ、つまり見渡す限りの草原なのである。草原は、ちょうど、乾季から雨季に移り変わるところだった。

雨が降ると、柔らかで滋養たっぷりの草が青々と萌え始める。

その草をもとめて、シマウマやヌーやインパラなどの草食動物がやって来る。草食動物がこんなに多いということは、きっと捕食動物のライオンやチータも近くにいるに違いない。

しかし、草原でライオンを見つけるのは、至難の業である。枯れ草色の動物が枯れ草の中で昼寝しているのだから、素人《しろうと》に探し出せるわけがない。

サファリでどんな動物に遭遇できるかは、「運」ではなく「視力」の問題である……。この厳粛なる事実を学んだのは、前回のケニア旅行だった。とにかく前回は始めから終わりまで、ケニア人の目のよさに驚かされっぱなしだったのだ。

たとえば「あそこにサイがいる」とドライバーに指差されて、地平の彼方を見る。私には何も見えない。ごく倍率の高い上等の双眼鏡を覗いてみても、ケシ粒のようなものしか見えない。

「なんで、アレがサイだってわかるのよ」

きっと当てずっぽうに違いないと不審の目を向けると、ドライバーが呆れたように言った。

「だって、ハッキリ見えるじゃないか。サイの親子が角《つの》でじゃれ合いながら、こっちに向かってやって来る」

そしてその言葉通り、十分ほどすると、サイの親子が悠然と私たちの目の前に現われたのであった。

言っておくが、相手は肉眼である。私は眼鏡をかけ、双眼鏡を使っているのだ。

一体、どのくらい視力があるのだろうと私は思った。ギニアのサンコンさんが、「昔は、五・〇ありました。日本に来て悪くなって、二・〇に落ちてしまいました」と言っていたそうだが、その伝でいえば、あのドライバーの視力は一〇・〇ぐらいあったかもしれない。

今回も、私の視力に期待できないことは自明である。だから、是非とも、私の「目」になってくれる存在が欲しい。

「大丈夫です。カメラマンは、あのライアル・ワトソンと何度もアフリカを旅しているアフリカ通ですから」

と、旅のコーディネーターがかたく請け合ってくれた。行動する科学者、生物学界のシュリーマンともいわれるライアル・ワトソン博士。彼は確かアフリカ生まれのはずである。その博士の写真集『わが心のアフリカ』を撮った内藤忠行さんとご一緒できるというのだ。

強力な道連れの登場に、私の胸は高鳴った。高鳴らないわけがないではないか。

「あっ、シマウマッ！」

と、内藤さんが叫んだ。

ドライバーのピーターがキュッと急ブレーキを踏む。「シマンマ」とは、スワヒリ語で「止まれ」という意味なのだ。

しかし、内藤さんは「止まれ！」と叫んだわけではない。本当にシマウマを見つけたのだ。それも生きているシマウマではなくて、ライオンに食べられ、ハゲワシにつつかれ、蟻《あり》にたかられ、骨になってしまったシマウマである。

「いいなあ、欲しいなあ。あんなに、きれいに頭蓋骨が残ってる死骸はそうないよなあ」

と、内藤さんは何度も溜め息をつく。まるで、おもちゃ屋のショーウインドーに見入ったきり動かない子供のようである。

ピーターにはわけがわからない。「欲しいのか？」と、疑わしそうに尋ねる。内藤さんが嬉しそうに頷くと、首を捻《ひね》りながら、外に出て、頭の骨を拾ってきてくれた。

内藤さんは、どうもシマウマを偏愛しているらしい。何年か前に『Ｚｅｂｒａ』という写真集も作ってしまったくらいである。生きているシマウマはそのとき撮り飽きてしまったのか、今は私の見る限りでは、死骸ばかり追っている。

私は内藤さんに「目」をお借りしようと思って、その視線の行く先ざきに注目していたのだが、内藤さんが注意して見ていたのは、遠くではなくて、下ばかりだった。そして、保存状態がいい骨があると必ず「シマウマッ！」と叫ぶ。そのたびにピーターが急ブレーキをかける。「いいなあ、欲しいなあ」と言うときもあれば、車の中から写真を撮るだけで満足するときもある。

内藤さんの偏愛はシマウマにとどまらない。某編集者はボツワナで、内藤さんが象の糞を前に「いいなあ、欲しいなあ」と呟いているのを見たという。そして、なぜか内藤さんのために、その編集者が糞を日本に持って帰らねばならないハメに陥ってしまった。

「結局、マダガスカルで没収されてしまいましたけどね。助かりましたよ、没収されて……」

と、編集者は独りごちていた。

というわけで、結局サファリは内藤さんには頼らずに行われた。

お頼りするなら、やっぱり圧倒的に視力のいいドライバーのピーターである。そして、ピーターは期待に違《たが》わず、次々といろいろな動物を見つけては、私たちを嬉しがらせてくれた。

「インパラの様子を見てごらん」と、ピーターは言った。

「ホラ、みな一様に緊張して同じ方向を見てるだろう。あっち側に、ライオンか、チータがいるってことなんだ」

視力だけではない。きちんと動物の様子も観察しているのだ。

もちろん、内藤さんだって、たまには要所を締めてくる。

あるとき、サファリの途中で激しい雨が降り出した。そろそろお腹も空いてきたし、帰ろうか……。誰もがそんな雰囲気になった。しかし、内藤さんの一言がみんなを奮い立たせた。

「こういうときの動物が、またいいんだよなあ」

おかげで、砂浴びをする象の群れが見られた。しょうこともなく、雨にたたずむライオンも見られた。

しかし、「最後にチータを」と、欲張ったのは余計だった。

チータのテリトリーへと、バックした途端に、車の後輪がぬかるみにはまってしまったのだ。数日来の雨で、地面が柔らかくなっている。なんとか抜け出そうと、アクセルを踏み込むたびに、ずんずん深みにはまっていく。ジャッキもブスブスと埋まって、使い物にならない。辺りには石ころも、一片の木切れさえ落ちていない。

ヌーの大群が遠巻きにして、用心深そうに私たちの動静を窺《うかが》っている。動物たちは車に警戒心を抱かない。しかし、いったん人が車から降りようとすると、まるで蜘蛛《くも》の子を散らすように逃げていってしまう。

私たちは手分けして、車輪にかませるものを探すことにした。しかし、どこにライオンが潜んでいるかわからない。車の近くには何も落ちていないから、少しずつ車から離れる。少しずつ危険が増す。

そうやって、ビクビクしながら三、四十分ほど探し回ったが、私たちにはロクなものが見つけられなかった。結局、頼りになったのは、ピーターである。遠くから倒木を引きずってきて、泥まみれになりながら、車を発進させた。

みんなからのやんやの喝采に、ピーターは少し照れながら言った。

「これが、本当のサファリさ」

ワタル少年は、ケニアの大自然に鍛えられて立派な「少年ケニヤ」になった。

見込みのない「中年ケニヤ」は、サファリのあと、ロッジの露天ジャグジー風呂で、ゆっくりと手足を伸ばすのが一番である。

日中、小さな冒険を繰り広げたマサイマラが、ここからは一望のもとに見下ろせる。ジャグジーがゴボゴボと音を立てる。その音に合わせて、小さく呟く。

「ああ、極楽、極楽……」

雲間から月が顔を出す。マラ河がキラリと輝く。

「ああ、極楽、極楽……」

ケニアに来られた幸運を神に感謝しながらベッドに入ったら、布団の中に小さな湯たんぽがあった。なんだか、またホクホクと嬉しくなってしまった。

すずろなり

①ぶらぶらと・あてもなく・なんとなく。「昔、男、すずろに陸奥の国までまどひにけり」(伊勢物語)。②わけもなく・むやみに。

③そうあってほしいとは思わない・不本意な。「うたてある主のみもとに仕へまつりて、すずろなる死にをすべかめる」(竹取物語)。④思いがけない。「六波羅へは寄せずして、すずろなる清水におし寄せて」(平家物語)。

第四章　日本の醍醐味はすずろなり

「なんとなく」で、私の人生はなりたっているような気がする。なんとなく女優になってしまった。なんとなくあのオトコとも疎遠になった。なんとなく独身である。なんとなく寂しい。なんとなく空《むな》しい。でも、なんとなく自由で、なんとなく楽しくもある。

この「なんとなく」が、「すずろ」であるらしい。

【すずろ】①これといった目的のないさま。②これといった理由のないさま。③これといった関係のないさま。④思いがけないさま。⑤不本意なさま。

ぶらぶらと、あてもなく歩くのが「すずろ」である。やたらとわけのわからないことをするのも「すずろ」である。こんなはずじゃなかったというのも「すずろ」である。

昔は、なんて便利な言葉があったのでしょう。

もちろん、今もその形跡をとどめていないことはない。「気もそぞろ」の「そぞろ」。「そぞろ」歩けば、「そぞろに」悲しくなり、「そぞろ」涙を流したりもする。

これからのことを憂えて泣くことは、あまりない。たいていは、もう帰ってこない日々を惜しんで泣いている。

先日、田辺聖子さんから、『源氏物語』に絡めて、こんなお話を伺った。

「昔の女の人はね、『あんたもそない思いはりますやろ、私もそない思うねんけど、ここでそない言うたらむきつけになる思て』というふうに、エンエンと話を続けて、心の綾を伝えようとしたのね。『源氏』はそれに雰囲気が似てるわね」

とすると、「超ムカツク」「ダサーッ」といった、「超短い」センテンスで会話をかわしている今の女たちは、自分の心の微妙なひだを伝えるすべを、失ってしまっているのかもしれない。

「すずろに」歩いていると、日本人が失ってしまったものばかりが思い出される。自転車に乗りながらケータイを使うな、危ないじゃないか、バカ。コンビニの前で、しゃがみ込んで煙草を吸うな、みっともない。路上でキスなどするな、おまけに制服だぞ、オカチメンコ。

しかし、『源氏物語』にも、「古きよき時代はもう帰ってこない」というような一節があった。あと何十年かたつと、ケータイも、しゃがみ煙草も、路上キスも、「古きよき時代の記憶」となっているのだろう。

ちょっと不便

我が家は二世帯住宅である。廊下のつきあたりのドアをノックすれば、そこはもう兄の家。

「オバチャン、知ってる？」と、ときどきは兄が、そのドアからやって来ることもある。もちろん私は、兄のオバチャンではない。だが、なぜかそう呼ばれるようになって久しい。

去年の暮れ、兄が年賀状作りに余念のない私のところにやって来て、言った。

「オバチャン、知ってる？　テンペーって、年賀状の宛名の書き方、知らないんだってさ」

テンペーとは、私の甥のことである。甥は小学校五年生。五年にもなってハガキの書き方を知らないというのは、九九を覚えていないに等しき大問題であろう。親も責任を問われて当然と思うのだが、兄はコトをそれほど深刻には受け止めていない。むしろ、我が子のできなさ加減を自慢気に吹聴している。

正月には、テンペーがローマ字をまったく知らないことが判明した。

「しょうがないわよね。公立は一時間しかローマ字を教わらないんだもの」

と、義姉はあきらめ顔だが、叔母としてはどうしても納得がいかない。

ローマ字を初めて習ったとき、嬉しくて嬉しくて、あちこちに自分の名前を書き散らしたものだった。そんな興奮がよみがえってきたのである。

「よーし、じゃあ、お正月はオバチャンとローマ字の特訓だ！」

厳《おごそ》かにそう宣言すると、テンペーの顔がみるみる小鬼と化していった。

この甥は、遊んでいるときは天使のように素直でかわいらしいのだが、勉強をさせようとすると、たちまち悪魔に変貌する。親たちは、そんな息子を無理やり組み伏せてローマ字を覚えさせ、阿鼻叫喚《あびきょうかん》地獄でせっかくの正月を台無しにしてしまいたくないらしい。

だから、オバチャンも考えた。「テンペー、大変だよ」と、まずは脅《おど》しから始めることにしたのだ。

「テンペーの時代は、なんでもコンピューターなんだからね。ローマ字を知らないと、お友達もできないし、ゲームもできなくなっちゃうよ」

「そうだぞ、Eメールなんかもできないぞ」

と、パソコンから顔を上げて、珍しく兄が援護射撃してくれた。

それが正しい動機づけだったかどうかは自信がない。だが「コンピューター」「ゲーム」「Eメール」という言葉は、劇的に効いた。不承不承ながらも、甥が私の書いた文字をなぞり始めたのである。

最初のうちは、気が乗らなそうにグズグズと命じられたことだけをやっていたが、やがて、母音と子音を組み合わせて簡単な文を作れるようになって、小鬼に天使の顔が混じり始めた。「オバチャン、ローマ字勉強しよう」などと、親が聞いたらひっくり返って喜びそうな言葉さえ吐く。

父親がワープロに触ることを許したら、その向学心に拍車がかかった。

「オバチャン、『ぎゃ』ってどう書くの?」と、何度もうるさいほど尋ねに来ては、秘密の文書作りに夢中になっている。

「なるほど……」と、その姿を見て私は思った。世の中は便利へ便利へと流れている。そして子供たちは無意識に、その「流れ」の方を選択しているのかもしれない。

私の幼い頃、手紙を出すことは一つの憧れだった。ハガキの書き方など、誰から教わらなくても、見よう見まねで知っていたような気がする。

その、旧くからの通信手段に甥は敬意を払わない。パソコン、ファックス、Eメールと、目はつねに文明の利器の方に向いている。

「ちょっと不便て、品がいいよね」

先日、ケータイとか伝言ダイヤルの話をしていたら、脚本家の山田太一さんが、ポツンとそうおっしゃった。

確かに、品とか風情は、どこかしら不便なところから生まれてくるような気がする。左の頬に落ちた髪を払うのに、右の手を使う。合理的な動きではないが、なんとなく色っぽい。お茶も、何かをするときに「ひと手間かける」ことが美しい挙措《きょそ》を生むのだと聞いたことがある。

『源氏物語』の源氏の君は、罪を着せられて都を落ちてゆくとき、

いつかまた春の都の花を見む
　時うしなへる山賤《やまがつ》にして

という歌を、「桜の散りすきたる枝に」結びつけて東宮に届ける。それを読んだ女たちは、散った桜と源氏の君の境遇を思い重ねて、みな、ヨヨと泣き伏すのである。

源氏は「今様《いまよう》の若者」とあるから、今の時代を生きていたら、きっとインターネットで世界中の女たちに、身の不遇を訴えかけるだろう。

恋文を送るとき、相手を思って、紙を選び、墨色を考え、字体にも工夫を凝らす……なんてシチ面倒臭いことは、もはややってはいられないのである。今はスピードが勝負なのだ。どんどん失われていく不便を見送りながら、品や風情も一緒にどこかへ消えてしまうのだ

ろうかと、ちょっぴり気掛かりなこの頃である。

源氏の時代にはとても生きられない、生きたくもない、私ではあるけれど……。

本当の豊かさ

明け方、鶏の声で目を覚ました。

一瞬、ここは我が家かと思う。

我が家には鶏が二羽いる。別に好んで飼っているのではない。いろいろ複雑な事情があって、気がつくと飼わざるを得ないハメに陥っていた。メスはまあいい。おとなしいし、卵を産む。問題はオスである。可愛げがないうえに、時までつくるのである。毎朝二時と四時と六時、一刻ごとに長鳴きする。近所に肩身の狭いことこの上ない。

しかし、ウチの鶏の声にしては遠い。

ソロソロと目を開けながら、まったく別のところにいることを思い出した。

(そうだ。四万十《しまんと》川に来てるんだった)

窓辺に寄って目を凝らして見る。鶏を飼っているのはどの家だろう。八階からの眺望をさえぎるものは何もないが、鶏の姿は見えない。鶏の声も、いつの間にかやんでいた。

家々の向こうを、四万十川がゆったりと流れている。朝の光が、波間にたゆたい始めた。

早起きは三文の徳。階下の食堂で橋本大二郎知事にお会いした。四万十川フォーラムのためにいらしたのだという。

「四万十川を初めてご覧になったのはいつ頃ですか」と、伺ってみる。

「平成二年かなァ。宿毛《すくも》に講演会に行ったときだったネ」と、評判の愛妻家らしく、かたわらの奥様に一つ一つ確認される。

平成二年というと、知事に立候補される一年前である。四万十川の美しさが、高知県の知事になる決意をさせたのだろうか。

しかし、そういうわけでもないらしい。四万十川を初めてご覧になった感想は、「確かにきれいなところもあるけれど、言われているほど凄くないなぁ」くらいのものだったという。

この言葉の意味はよくわかった。私の第一印象が、それとまったく同じだったからである。

「初めてなんです」「憧れだったんです」と、興奮して繰り返す私に、高知のタクシーの運転手さんが言った。

「あんまり、期待せんとりやー」

しょっぱなから水を差されて、随分期待を割り引いてはみたが、それでも相当に凄いのではないかと思っていた。なにしろ、日本最後の清流といわれる川なのである。その名は、アイヌ語のシ・マムタ（たいへん美しい川）からきたともいわれている。

しかし、その川を前にしたとき、私はやっぱりガッカリしていた。

「なぁんだ。多摩川と、そう変わらないじゃないの」

四万十川の凄さを知るのはそれからである。

まず、川面《かわも》を覗き込んで驚く。なんて綺麗な水だろう。川底の石コロがすぐ近くに見える。どこも浅い感じがするが、川は満々と水をたたえている。

舟に乗ってみて、また感心する。漁師さんたちが四万十川をよく知っていること、どこよりも愛していること、誇っていること。

「ほかの川で釣ったことはないの？」

と、訊いてみた。

「あるゼ」と、一人の漁師さんが言った。

「釣ってもけんど、食べんゼ。川がヨイヨ（とても）汚れちょうけん」

私の乗った舟は、冬に手入れをしたばかりだという。「わッ、ピッカピカッ」と歓声をあげると、隣にもやいであったいくぶん年季の入った舟の船頭さんが、笑って言った。

「おらぁねゃ、女房を大事にしちょうけん、舟はどうやチかまんがよ」

ピッカピカの舟の持ち主の名は柿葉《かきば》さん。まだ若い。四万十川の「主」ともいわれる舟大工兼川漁師、加用《かよう》さんの最後の弟子だという。「最後の弟子ってゆうたチ、もう四十やけんねェ」と、溜め息をつく。

話を聞くと、柿葉さん、どうも本職は舟大工でも川漁師でもないらしい。趣味が高じてというより、「趣味を超越して」自分の舟を持ち、暇さえあれば川に漁に出ているのだそうだ。火振《ひぶ》り漁も、友釣り（オトリ掛け）も、投網《とあみ》も、川漁ならなんでもするという。

せっかくだから、投網をやっていただくことにした。私の目の前にあった網を、櫓《ろ》を漕いでいる柿葉さんのところまで持っていく。キチンとたたまれた網はズッシリと重い。私には持ち上げるのがやっとである。

これを、ハンマー投げの要領で振り回し、その勢いで遠くに飛ばす。

「久しぶりだからなァ」と、柿葉さんは盛んに足もとを気にする。塗り替えたばかりの舟は、見掛けはいいのだが、どうもツルツル滑るらしい。重い網を振るたびに、踏ん張っている足の位置がずれていくのがよくわかる。それでなくても水の上は不安定なのである。

「落ちたことはないんですか？」

と、訊こうとしたときは、もう遅かった。

網は打たれ、その拍子にツルリと滑った柿葉さんは、ドボンと川に落ちていた。

川に落ちたのは十年ぶりという。

柿葉さんの名誉のために付け加えるが、この後、気を取り直して、白い網が大きな円を描く、実に美しい投網を見せてくださった。

川のせせらぎは陽気である。とくに、青い空、白い雲、岸辺の淡い緑を映して流れる川に、なんの愁《うれ》いがあるだろうか。

しかし、この川がまたあるときは「暴れ川」に変身するのだという。

四万十川には、沈下橋《ちんかばし》と呼ばれる橋がいくつもかかっている。欄干のない、低い、実に素朴な橋である。この橋は、川が暴れ始めると、水の下に沈む。欄干がないのも、流されにくくするためであるという。

そこここでキシツツジが優しい色の花をつけていた。樹々は柔らかに芽吹き始めている。目障りなものもある。ところどころ、手も届かぬような高い枝に、ビニールのようなものが絡まりついていた。訊けば、去年の台風で増水したときに流されて来たものだという。あんなところまで水が上がるのかと、川の怖さを垣間見た気がした。

しかし、川が暴れると、翌年には豊かな恵みがあるともいう。川底の石がゴロゴロと転がり、表面が洗われて、魚の好むコケやトビケラなどがつきやすくなるのだそうだ。名物のアオノリも、今年はとくによかったらしい。

屋形船で四万十の恵みを存分にいただいた。

まず、テナガエビのから揚げ。手の長いのはオスで、メスはやや小ぶり。メスの方が味はいいという。そう、鶏もしかり、オスはカラ威張りばっかりなのだ。

ゴリの卵とじもいただく。川から捕ったばかりのピチピチはねているゴリを、煮えたぎるだしの中に入れ、ヤブミツバを散らし、卵でとじる。ゴリはハゼの稚魚だそうで、二、三センチほど。初めての歯ごたえ、初めての味。

「昔はどこの川やチ、おったがやけんどねェ」

今は、希少な味わいとなってしまった。

「川で泳いだことのあるものは、川を汚さない」という。

川を汚したくない。私も、切にそう思う。川で泳いだ思い出は、私にとってかけがえのないものだからである。

我が家から電車で小一時間ほど行ったところに、名栗《なぐり》川という川がある。小さい頃、父がよくその川に連れて行ってくれた。流れや、小さな渦や、ヌルリと滑る石コロなどを楽しみながら子供たちは泳ぎを覚えた。昼は河原で鯨の大和煮の缶詰を開け、塩のきいたお握りを食べた。

私の前から消えたもの。泳げる川、鯨の大和煮の缶詰、そして父……。

四万十川は日本最後の清流という。川本来の姿が、そこには残っているという。

しかし、その四万十川の流れも、まったく「清きまま」というわけでもないらしい。漁師さんの一人がこんな呟きを漏らして、昔を懐かしんでいた。

「おらだァ（自分たち）の子供の頃は、泳ぎよってのどでも渇いたら、川の水ヤチみんな飲みよったがよ」

日本は豊かになったという。

さらなる豊かさを、生活大国を目指すのだという。

しかし、この四万十川の豊かさを目の当たりにすると、本当の豊かさとは一体なんなのだろうと、つくづく考え込んでしまうのである。

「のんびり」はどこにある

「あーあ、温泉へでも行って、のんびりしたいわねェ」

と、電話口でいつも溜め息をつく友達がいる。「その日のために」と、大きなガラス瓶にせっせと五百円玉を貯めており、一日の終わりにそのかさの具合を確かめるのを、無上の楽しみとしている。

「温泉」と「のんびり」は、どうやら一対の言葉となっているらしい。

「年寄りは、のんびりと温泉につかって、昼寝でもするのが一番さ」

映画『東京物語』（小津安二郎監督）の老夫婦も、子供たちにそう言われて、熱海へと送り出される。しかし、二人はなかなかのんびりできない。宿に溢れる酔客のさんざめき、夜通し聞こえる麻雀の音……。

私も温泉に行くたびに、老夫婦と同じ居心地の悪さを味わう。忙しく廊下を駆け回る仲居さんたちのスリッパの音、かん高い声。どこやらから聞こえてくる、カラオケの歌。

せめて朝ぐらいゆっくりさせてほしいと思うのだが、小心者の悲しさ、寝起きを襲われたくない一心で、起こされる前に起き出し、ついぞ食べたこともないような早い時間に、朝ご飯なんぞを食べている。

はっきり言おう。温泉で「のんびり」などできるものではない。「のんびり」できるとしたら、その人は余っ程豪胆か、余っ程横着なのである。広い湯船で思い切り手足を伸ばす。小心者の「のんびり」は、そのほんの一瞬で消えていってしまうのだ。

それでもなお、「ああ、のんびりしたい」と、温泉を求めてやまないのはなぜだろう。

どこか遠くのひなびた湯治場。湯煙の向こうに山が見えるようなところ。明かりを消すと、川のせせらぎが聞こえる宿。湯上がりには、浴衣《ゆかた》姿でカランコロンと下駄を鳴らしながら、涼風に吹かれてみたい。

そんな私にピッタリの宿があると聞いた。

静かで、料理がとびきり美味しくて、朝はいつまで寝ていてもいい。

山中温泉の「かよう亭」は、客室がわずか十室。十数年前、北陸に旅館の大型化の波が押し寄せるなか、「目配りが行き届くように」と、一挙に規模を縮小してしまったという。

小さな宿だが、狭くはない。玄関も廊下もお風呂も贅沢なほど広々としている。

私を出迎えてくれたのは、玄関先の瓶《かめ》に無造作にいけられた山帽子の白い花。廊下の隅には、控えめに木苺が、床の間には大山れんげが飾られていた。大きな窓から見えるのは、自然の山、自然の谷。

とにかく、人の姿を見ない。人の声を聞かない。

「これでも満室なんですよ」と女将《おかみ》は笑うが、なんべんお風呂に入っても一人。気がねがあるのは、窓外の山に対してだけである。

お風呂から上がって浴衣を着る。浴衣は女物。目見当で、私の丈に合わせてくれている。下駄も赤い鼻緒の女物が用意されている。ちょっと雨模様なので番傘も持つ。まあ、なんて風情があるんだろう。

すっかり悦に入って川沿いの遊歩道に向かった。

このあたりは大聖寺《だいしょうじ》川の流れが美しい渓谷となっていて、鶴仙渓《かくせんけい》と呼ばれている。

宿からすぐ下りたところに松尾芭蕉を祀《まつ》る芭蕉堂がある。

芭蕉は、山中を有馬、草津と並ぶ名湯と紹介し、「山中や菊は手折《たお》らじ湯のにほい」という句を残している。御堂の前の苔《こけ》むした石に張りつくようにして、ちしゃ（エゴノキ）の白い花が散っていた。芭蕉ならば「ここで一句」というところだろうが、凡人はなかなか風流を楽しめない。苔にとられそうになる足もとが、気になってしかたがない。

あたりはしたたるような緑である。その緑が本当に水に溶けてしまったかのように、川の色も碧《あお》い。人けのない川岸に、下駄の音が響く。素足に蚊がまとわりつく。

橋から橋まで歩いて、向こう岸へと渡る。対岸には、町が開けている。小さな町の真ん中に「菊の湯」という共同浴場があった。町民は千円出せば、一年間なんべんでも自由に入れるパスをもらえるのだそうだ。大抵の人は家にお風呂などないという。「人と話ができるし」「お風呂掃除をしなくてもいいし」「便利よォー」と、みな屈託がない。

そうか、主婦が「温泉でのんびりしたい」と言うのは、これなのだと思った。お風呂掃除の心配も、ご飯の心配も、後片付けの心配もしなくていい。

宿に帰ると、蚊に刺されたところが猛烈に痒《かゆ》くなってきた。馴れぬ下駄で歩き回ったせいで、鼻緒ずれもできている。

再び湯につかりながら思った。風情とは、かくも痛く、痒いものなのである。

翌朝、「かよう亭」の板長石政進さんに、山菜採りの現場を見せていただくことにした。

腰に鎌を下げた石政さんの後に続く。山の奥深く分け入らねばならないのだろうかと、戦々恐々としていたら、石政さんはその辺の道端でヒョイとかがみ、ボウボウと生い茂る葉っぱをあらため始めた。

「これ、食べられるんですか？」

「ハイ」と、石政さんはこともなげに言う。

「ざっと見ただけで、食べられる草が十種類以上ありますよ」

「へェーッ!?」と、目を凝らして見るが、どれもこれもそこいらの雑草以上には見えない。

みんな緑の草、緑の葉っぱである。

しかし、「ホラ、これは木苺」と指差されると、たちまち魔法のように熟れた木苺の実が現われる。さっきから目の前にあったのに、気づきもしなかったのだ。橙色に色づいた木苺をほおばってみる。口の中で、甘酸っぱい味がプチプチとはじける。

昨夜食卓に上った山菜を思い出してみる。こごみ、かんぞう、かたくり、いらくさ……まさにここは山菜の宝庫である。ただし宝物は見える人にしか見えない。私のような素人は、そこここに咲き乱れる野の花の方に目を奪われる。山紫陽花、谷空木《たにうつぎ》……。

「あれはなんですか？」

知らない花の名を、早速植物博士に訊いてみる。ここいらの山菜のことならなんでも知っている人が傍らにいるのだもの、心強い。ところが、石政博士は、「知らない」と苦笑する。

「食べられない花は知らない」のだそうだ。

「食べられる」「食べられない」は、自らが実験台になって覚えた。山ごぼうでお腹をこわしたこともある。二輪草と思って食べて、救急車で病院に運ばれたこともある。

「今思うと、あれはトリカブトじゃなかったかな……」

石政さんの一日は忙しい。なにしろ「朝起こさない宿」であるから、何時に朝食の世話が終わるかわからない。それから山に入る。山ほどの山菜を抱えて帰ると、休む間もなく夕食の支度にかからねばならない。

そんな石政さんが「のんびり」したいときは、どこへ行くのだろう。

石政さんは、困ったような顔をしてしばらく考えていた。そして「山ですかね……」と、ポツリと答えた。休みというと、山に登るのを楽しみにしているのだそうだ。山に登れば、当然珍しい山菜が目に入る。で、やっぱり、抱えきれないほどの山菜を手に、仕事場へと帰ってくるのだそうだ。

「小さな旅館はかえって大変ですね」

と、石政さんは言う。

「お客様の目が厳しい。団体さん相手の方が、楽です」

しかし「やりがいがある」と、石政さんは疲れを見せない。

春夏秋冬、山の色が変わると石政さんの料理も装いを変える。

うつろいゆく四季とともに息をする。

「のんびり」は、案外とそんなところにあるのかもしれない。

日本だなァ……

仕事で初めてロサンジェルスに行った。

カリフォルニアの空は青い。「無窮《むきゅう》の天」という言葉そのままに、太陽だけがギラギラと輝いている。

「ハリウッドに映画産業が栄えたのは、撮影のとき、天気の心配をしなくてもいいからです」

という案内人の話も、まことしやかに聞こえる。

しかし、毎日この空につきあっていると、だんだん有り難みが薄れてくる。

「たまには雲くらい浮かべてみろ」

と、悪態のひとつもつきたくなる。

目に鮮やかな花の色も、うとましく感じられる。埃《ほこり》をかぶったような肉厚の葉っぱにいたっては、断じて葉っぱとは認められないような気がする。

(だって、本当にそうなんだもの)

と、箱根に来て確信した。

私にとっては、花とは、道端にひっそりと佇《たたず》む撫子《なでしこ》である。秋色に溶けるような吾亦紅《われもこう》である。日の光に葉脈が透けて見えるようなのを葉っぱという。風に揺られてサワサワと音を奏でてこそ木なのだ。

元箱根から大涌谷《おおわくだに》に向かって車を走らせた。行く手に見える山並みを、ゆっくりと霧が渡る。ゴルフの練習場では、人々が霧の海にボールを打ち込んでいる。道路をなめるようにして、霧は立ちのぼってくる。

案の定、大涌谷は霧に包まれていた。富士山も芦ノ湖も見えない。くすぶり続ける火山の息吹も、霧に紛れてしまっているのだろう。かすかに硫黄の匂いがする。見えるのはただ、「一個食べれば七年長生き」という、名物「黒タマゴ」に群れる観光客の姿だけである。(日本だなァ)と、思った。ここは、まっこと日本なのである。

関所跡、杉並木、石畳、立場《たてば》茶屋など、箱根には旧街道の面影が、色濃く残っている。立場とは、旅人の休息所のことである。

郷土資料館で、江戸時代の『旅の心得帖』をめくってみる。

中に、「道中にて草臥《くたびれ》を直す秘伝ならびに奇方《めいほう》」というくだりがあった。曰く、「道中茶屋において休むときは、草鞋《わらじ》を履いたまま腰掛けてはいけない。短い時間でも草鞋を脱いで上へあがり、きちんとすわって休むこと」。曰く、「くたびれて足が痛むときは、宿で風呂に入ったとき、塩を足の裏になすりつけ、火にあぶる」。旅の七つ道具、三稜針《さんりょうしん》（足のマメ潰し）なんてのも展示してあった。

「箱根八里は馬でも越すが」というが、何しろ「天下の嶮《けん》」なのである。街道を往来する人にとって、箱根は大変な難所だった。おまけに「西」に備えて、歩きにくいように石畳はわざとデコボコに敷いてあったという。

ここを越えねばならない旅人が、どんなに立場の温泉を有り難がったかは、想像に難《かた》くない。

寄木細工の発祥地として有名な畑宿《はたじゅく》。ここも昔、立場として栄えた。

一八二六（文政九）年に箱根を通ったシーボルトも、「美しい木製品で有名な畑宿」と紀行文に記しており、寄木の見事さとその値段の高さについてふれているという。

「このあたりは変わりましたか？」

と、寄木細工の職人、安藤光男さんに伺ってみた。

変わったのは人々の暮らしぶりなのだそうだ。昔の子は、苺を摘んでおやつにした。くるみを採っては土の中に埋め、皮が腐って溶けるのをひと月近くも楽しみに待った。川をせきとめて泳いだ。

「そういう遊びはしないですよ、今の子らは」

と、安藤さんは言う。

寄木細工に使う色とりどりの木、白いみずきも、黄色の山桑も、茶のくすのきも、今は箱根では伐《き》れない。

「国立公園だからねェ、ここは」

よその県から持ってくるのだという。

安藤さんは七十一歳。十一歳で両親を亡くし、親戚だった寄木細工の親方に引き取られた。この道六十年である。

「そりゃあ、きつかったですよ。ちょっとモタモタしてると、カンナでポコンです」

「女親が生きていたら、とてもやらせておられなかったでしょう」

その親方が作ったという、寄木の箪笥《たんす》が、寄木会館に置かれていた。寄木もさることながら、ひとつひとつの造作がまた見事である。箪笥の下の方には、昔のレコードたてのような仕切り棚がついている。

安藤さんが機先を制するように言った。

「レコードたてじゃありませんヨ」

大福帳入れなのだそうだ。

御多分に漏れず、後継者はいないという。

「私一代限り。ハイ」

と、安藤さんはなんの感慨もまじえず、むしろサバサバとそう言い切った。

箱根は変わった。道ができ、旅館ができ、ゴルフ場ができ、観光客が押し寄せるようになった。すべて、安藤さんが見てきたことである。

しかし、箱根が、街道沿いの鄙びた湯治場から国際的な観光地へと変身したのは、もっとずっと前、富士屋《ふじや》ホテルが開業した明治の早い時期にまで溯《さかのぼ》る。

咸臨丸《かんりんまる》で海を渡った山口仙之助《やまぐちせんのすけ》は、帰国後、国際観光の重要性を痛感し、日本で初めての本格的なリゾートホテルの建設に着手する。明治十一年のことである。その建物は間もなく大火によって焼失してしまったが、その後明治二十年に建てられた本館は、今もきちんと残り、使われている。明治時代の建築で、今も実際に使われているホテルは、ここだけだという。

富士屋ホテルは、ひょっとしたら悪趣味と言えなくもないかもしれない。洋と和がデタラメに入りまざっており、「洋」は正しい「洋」とは言えず、「和」も純粋な「和」ではない。屋上屋を架すような装飾が、いたるところにほどこされている。

しかし、これがなかなかいいのだ。古きよき時代に作られたもの、年月を経てきたもの独特の、落ち着きと風格を醸し出している。

特に大食堂の素晴らしさ。

高い天井。その天井の格子の一桝《ます》一桝に描かれた日本アルプスの花々。黒光りするチークの床。重みのある窓。お寺の本堂と、西洋のお城の大広間が渾然一体《こんぜんいったい》となった感じである。

「大食堂には、昔は子供は入れなかったのですよ」

と、総支配人、山口祐司さんは説明する。

「子供は、乳母《うば》さんたちと別の部屋で食べていたんです」

従業員の月給が五円だったその頃、一泊は五十円もしたという。そういうベラボーに高いホテルに、長逗留《ながとうりゅう》できた人が昔はいた。

今はそういった特権階級をお客として期待できない。貴族と名のつくのは、せいぜい独身貴族ぐらいのものである。

実際、大食堂の顔ぶれは、(独身かどうかは知らないが)ほとんど若い男女だった。チラホラと年配のご婦人グループ、そして子供連れ。

しかし、大食堂の威厳に気圧《けお》されてか、みんな概してお行儀がいい。誰も大声をあげない。誰もチョロチョロ走り回らない。ここはいまだに大人の世界なのである。

山口さんに箱根の魅力を伺ってみた。

「まず富士山。それから湖、温泉、海にも近い。何より東京から一時間で来られること」

「東京の奥座敷というか、ちょっとしたくつろぎの場所でしょうね」

長尾峠《ながおとうげ》に立った。芦ノ湖を取り囲んでいる山々をグルリと一望できる。

緑の山、キラめく湖。リゾートマンション。そして、ゴルフ場、ゴルフ場、ゴルフ場……。

箱根。良くも悪しくも、ここは日本という国をそのまま映し出している。

あめをんな

女優として最大の不幸は「雨女」であったこと……だと思う。

とにかく、女優を始めてこのかた、ロケーションというと、雨ばかりなのだ。

生まれて初めての撮影からして嵐だった。

美しい夕日を求めて北海道にコマーシャルを撮りに出掛け、二週間とうとう一日も晴れずに帰って来たこともある。

その二週間のうちたった一日だけ、所用のため私ひとり東京に帰った。その日はまた格別キレイに晴れ上がったのだそうだ。以来、スタッフの私を見る目つきが、グッと冷ややかになったのは言うまでもない。

ロケーションで最も嫌われるのは、トイレの近い女優と、なんといっても「雨女」なのだもの。

ロケに行くたびに雨に降られているうちに、私の人生観も変わった。

いたってペシミスティックになった。いたって用心深くなった。

東京の空がいかにご機嫌麗しく晴れていようと、予報がどんなに明るいことを言おうと、私は決して騙《だま》されることなく、傘を抱きかかえ、長靴を履いて旅に出る。

しかし、そんなある日ある時のこと。くだんのいでたちで、とある空港に降り立った私を、もの凄い勢いで怒鳴り飛ばした人がいた。

出迎えに来ていた演出家である。

「なんですか、あァた、その恰好は⁉」

私の長靴をさした指は細かく震え、顔は怒りで赤くなっている。

「東京は雨だったんですか⁉」

「イエ……あの……」

演出家の怒りは炸裂《さくれつ》した。

「大体あァた、ロケに長靴で来る女優がありますか！　縁起でもないッ‼　不届き千万‼」

と言ってる間に、みるみる雲行きが怪しくなり始めたのだからたまらない。

以後の雨は（雨ばかりだった）全部私のせいにされた。出番のないときまで、私に監視の目を光らせるのである。

「あァた、用のないときは寝ててください。あァたが起きると雨が降る」

以来、私は長靴を履かない。

ロケに傘など持って行かない。

それでも、やっぱり雨は降る。

湯田《ゆだ》町は今日も雨だった。

『風の又三郎―ガラスのマント』の撮影のために建てられた分教場のオープンセットも、療養所も、みな雨に濡れそぼっている。深いぬかるみがいたるところにできていて、ちょっと油断すると、すぐ足をとられてしまう。

ロケーションは、待機につぐ待機で、予定期間を大幅に過ぎている。

自然に囲まれての一カ月。岩手でのロケーションは、出演する都会の子供たちにとって理想的、かつ教育的な夏休みになるはずだった。

しかし、夏休みが終わってさらに一カ月、撮影はまだ終わっていない。

この雨を私のせいにしてもらっても困る。八月九月は、ほぼ全国的に異常気象だったのだから。いくら私が「雨女」でも、こう広範に面倒を見きれるものではない。

長雨はいろいろなところにさまざまな影響をもたらした。

長ネギの値段が倍になった。果物が水っぽい。クーラーが売れない。海の家に閑古鳥《かんこどり》が鳴いた。

湯田町では長靴やカッパが飛ぶように売れた。子供たちの宿舎となった三花館《みはなかん》の障子は穴ボコだらけになってしまった。

子供たちは待っている。ファミコンや学校やお母さんに焦がれながら、撮影が終わる日をひたすら待っている。スタッフも待っている。蚊や退屈や子供たちの奇声、騒音に悩まされながら、晴れる日をジッと待っている。

待っているうちに早くも山が紅葉してきた。

しかし、きっと「雨ニモ負ケズ風ニモ負ケズ、夏ノ紅葉ニモ負ケズ」、撮影は進行するのだと、思う。

富士山

さすがにこのところの車の洪水にはウンザリしてしまった。「すみません、ひどい渋滞で……」「ごめんなさい、工事やってて……」。謝ってばかりいるうちに、自己嫌悪におちいった。

（もう、絶対、二度と遅刻しないゾ）

というわけで、再び電車に帰ってきた。

車の中ではCDに合わせながら大声で歌うのを楽しみとしていたが、その趣味をそのまま電車には持ち込めない。電車ではおとなしく本を読む。友達から借りたミステリー小説が、はかどること、はかどること。

しかし、話がどんな山場にさしかかろうと、一回は必ず顔を上げて、キッカリ十秒間、窓外に目を凝らす。電車に乗らなかった数年の間に、高架になっていた部分があって、そこからきらめくような富士山が眺望できるのだ。

いつも見えるとは限らない。むしろ見えないことの方が、ずっと多い。しかし、私は目をやらずにはいられない。

冬の朝、人いきれで窓が曇るときは、手のひらでガラスを拭いて、おでこを押し付けるようにして見る。奥に押し込まれたときは、身体をひねり、爪先立ってでも見る。

新幹線の中で一番好きなのは、「東海道」である。もちろん富士山が見えるからだ。

西へ向かう日は、晴れを祈る。

しかし悲しいかな、新幹線に乗ると私は条件反射のように寝てしまう。そのやんごとなきお姿を拝するには、かなりの意志の力がいる。「富士山」を取るか「睡眠」を取るか、これが毎度毎度の悩みである。

昨秋も、そんな悩みを抱えて新幹線に乗った。台風一過の冷たく澄んだ朝だった。さぞや富士山が綺麗だろう。しかし前夜、私は一睡もしていなかった。京都に入ったらすぐに仕事である。睡眠を取るしかあるまい。

列車が動きだし、「さあ寝よう」とシートを倒した。ハッと飛び起きた。ビルの谷間に、何か白いものが輝いている。まさか富士山ではあるまい。ここから富士山が見えるわけない。けれどもそれは富士山だった。前日の嵐でスモッグが吹き飛ばされて、東京は江戸の昔に戻っていた。浮世絵にあるように、江戸の町からは本当にあんな大きな富士山が見えたのだ。

眠るどころではなかった。富士山から目が離せない。富士山が見えなくなってからも興奮は冷めず、とうとう京都まで一睡もできなかった。

ある映画評論家のことを思い出していた。私の父と親交があって、何かと私のことを気に掛けてくださっていた方である。

その方をよくお見掛けしたのは、新幹線の中だった。売れっ子評論家で、東奔西走の毎日だったのだろう。気がついてご挨拶に伺おうとするのだが、いつも資料に目を通していたり、何か書いていらしたりなので、結局、声を掛けそびれ続けていた。

ある日、珍しくテレビ局でお会いしたので、その話をした。その方は笑っておっしゃった。

「ボクも何度かお席に伺ったけど、アナタ、いつも気持ちよさそうにおやすみ中で……」

「新幹線ってのは、迷うよネ」と、話は続いた。

「本を読むか、それとも原稿を書くべきか……。本当は寝るのが一番なんだろうけど」

それから間もなく、その方は亡くなられた。

たくさんの「生き急いだ」人たちの顔が、車窓に浮かんでは消える。

あの方たちも、こんなふうに富士山をボンヤリ眺めたことがあったのだろうか。

十二カ月物語

一月　匂い

昔、お正月には匂いがあった。

白い餅の冷たい匂いである。

「昔はよかった」と、やたらと連発するのも愚かなことだとは思うが、それでも時々、「昔」を懐かしく思い出さずにはいられない。

大晦日《おおみそか》の喧騒から、元旦の静謐《せいひつ》へ……。私はその劇的な変化が好きだった。人けのない商店街、塵《ちり》ひとつなく掃き清められた道。瑞々《みずみず》しく青い門松。お正月は、空気までがシーンと清らかで、ああ年があらたまったなと、身体中で感じることができた。

我が家には古い土間があって、その土間に下りると、切りたての餅の匂いがプンプンとした。餅は暮れに母の手で切り分けられ、籠《かご》に入れられて、土間の梁《はり》から紐で吊り下げられていたのだ。

お正月が好きだったのは、食べたいだけお餅が食べられたからかもしれない。お汁粉、あべかわ、磯辺巻き……。火鉢の炭の上で、プンと焦げてゆく匂いをかいだだけで、もう口の中に唾がわきあがってきた。砂糖醤油をこすりつけながら、その素朴な味わいを楽しむことも多かった。

が、やがて、籠の中の餅がひび割れてくる。ほのかにかびの匂いがするようになる。その頃になると、店が開き始め、街は賑わいを取り戻す。空気は再びよどみ、人の足取りもせわしなくなってくる。そして、子供らもその足取りの中に交じり、学校という日常が始まる。

年中開いているコンビニ、年中売っている真空パックの切り餅。

今の子は、どこでお正月を感じているのだろうと、ふと思う。

私の親も同じことを思っていたのかもしれないけれど……。

二月　声

「あーそーびーまーしょ」「あーとーで」

あの、独特の陰影を持った、子供たちの呼び合う声はどこへ行ってしまったのだろう。

今は、どの子もインターホンで礼儀正しくお伺いをたてる。そして、ドアの中にいる子もまた、インターホンでよそよそしく応じる。

消えゆくもののひとつに、声もあるような気がする。街角の物売りの声、子供の遊び歌……。

「福はーうち、鬼はーそと！」と、我が家はどの家よりも勇ましく、豆をまいた。

父は、豆まきをことのほか好んだ。節分の生まれだったからかもしれない。

誕生日のいちばん大切な行事は、プレゼントやケーキではなく、豆をまくことだった。その日は、年男、年女そこのけの威勢のよさで、五合桝になみなみ入れた豆を、家中にまいて回る。

ガラリと雨戸を開け放ち、「鬼はーそと！」とまず父が怒鳴る。子供もそれについて大声をあげ、拳いっぱいの豆をまく。豆がパラパラと暗闇に吸い込まれていく。

冷たい空気が、スーッと家の中に忍び込む。その空気を伝って、あちらこちらから「福は内、鬼は外」の声がこだまのように聞こえてくる。その声に包まれながら、なんだか不思議な連帯感、安心感を抱いたものだった。

今、街を歩くと、携帯電話に向かって話す声だけが、やけに耳につく。コミュニケーション・ツールというけど、本当のコミュニケーションかしらと、ふと、消えつつあるもののことを、いとおしく思う。

今年も豆をまこう。ご近所に迷惑にならないよう、控えめな声で。

二月　年の数

節分の豆は、年の数だけ食べる。

世の中全体にそういう慣わしがあるのかどうかは知らないが、とにかく我が家ではそういうことになっていた。そして豆好きの子供は、七つとか八つという数にいつも不満を抱いていた。

しかし、いつの間にか心ゆくまで豆を食べられるようになった。それどころか年の数だけ食べるのが、重荷になってきた。この頃では、豆の数を勘定するのが面倒ですらある。

姪のバースデー・ケーキに揺れるろうそくの炎を見ながら、同じようなことを思っていた。たった一本のろうそくを用意した日、大きなケーキの上で、その一本がなんて頼りなく、心細く見えたことだろう。今、ケーキには、赤、黄色、青、ピンクと、色とりどりのろうそくが並んで、姪のふくらんだ頬をあかあかと照らしている。

その叔母は、もうとっくに年を捨ててしまっているから、ケーキにろうそくは立てない。

しかし万有引力の法則は、年を捨てた女にも容赦なくふりかかってくる。

そこで、風呂の中でヒップアップの体操をするときだけは、しかたなく年を思い出すことにした。苦しい体勢を作って、年の数をゆっくり数えるのだ。

二十五歳のときは二十五数えた。三十歳になったら三十。年とともにノルマを増やしていって、少しでも引力に抗《あらが》う。

だが、このごろ重大問題が生じている。あまりにもノルマが多くなり過ぎて、最後まで数えられなくなってしまったのだ。

三月　心

私はお雛《ひな》さまを持っていない。

桃の節句も祝ってもらったことがない。

……と書いて、ちょっぴり気がさした。そういえば、いつだったか小さなまるい木彫りの夫婦《めおと》雛を見たような気がする。この家に初めて女の子が生まれたお祝いに、高校の美術教師をしていた祖父が創って贈ってくれたものである。

あわてて飾り棚を捜してみる。あった、あった。絵の具はにじみ、ところどころ剝《は》がれ落ちて、顔も装束《しょうぞく》も判別がつかなくなっているが、そっとひっくり返すと、「参郎《さんろう》」と、確かに祖父の名が入っている。

この家の初めての女の子とは、私のことである。小さな緋毛氈《ひもうせん》を敷き、このお手製の雛を飾り、祝おうと思えばどこよりも心のこもった雛祭りができたかもしれない。

しかし、父は女の子のちまちました人形や飾りつけや祭りを好まなかった。母もそれに同調した。結局、祖父の心づくしの人形は埃をかぶり、私はお雛さまとは無縁に育った。

「いつまでもぐずぐずお雛さまを飾ったままでいると、お嫁に行けなくなっちゃうからね」

「大変、大変」と、母と娘が笑いながら、薄紙で丁寧に人形を包む。木箱に入れる。毛氈をたたむ。立派なお雛さまなど羨《うらや》ましくともなんともないけれど、母と娘のそんなゆったりとした時間だけは、「あらまほし」と思う。

ときどき、母に軽口をたたく。

「お嫁に行けないのは、お雛さまをしてもらえなかったからよ」

本当の気持ちも、半分入っている。

四月　花に逢う

「『美しい』って思うのは、持って生まれた感覚じゃないんですってね。やっぱり、学習なんですってね」と、誰かから聞いた。

今「美しい」と思うのは、開いたばかりの淡い桜の色。

そういえば、いつだったかボーイフレンドが、「オレ、桜ってキレイだと思ったことがない」と言ったことがあった。

彼の家の近くの見事な桜並木に、私が「花のころは素敵でしょうね」と、感嘆の声を漏らした直後だった。

私は当惑した。桜を綺麗と思わない人と歩く人生の味気なさを、ボンヤリ思ったりした。

しかし、それからしばらくして、その人から手紙を貰った。

「今朝、気がつくと満開の桜の下を歩いていました。圧倒的にキレイでした。初めて、キレイだと思いました」

その人とは、なんとなく疎遠になってしまった。だから今でも「キレイ」と思ってくれているかどうかは、定かでない。

思い出すのは、父と見た花である。

「東京は身体に合わない」と言って九州の島に移り住んだ父を、やっと訪ねて行ったら、ちょうど花の真っ盛りだったのだ。父はもろ手をあげて歓待してくれた。具合が悪いというのに、息を切らせながら島中の花の見どころを案内してくれた。「きれい」と言うと、そのたびに満足そうに頷いた。

それからすぐに父は入院し、二度と島に帰ることはなかった。

「モガリ笛いく夜もがらせ花ニ逢はん」

桜が私にとって特別の花となったのは、父がそんな句を遺して、この世から旅立っていったからかもしれない。

四月　スマイル

春の街角で、見知らぬ母娘とすれ違った。

女の子は、二、三歳ばかり。ヨチヨチ歩きを卒業して、やっとスキップを覚えたばかりなのだろう。短く切り揃えたおかっぱをユラユラ揺らしながら、無心にスキップを踏んでいる。そのすぐ後ろを、若い母親がゆっくりと歩く。真昼の短い影がそれに寄り添う。

どこにでもある光景である。そんな、珍しくもなんともない一瞬が、ことさらに私の心を打ったのは、幼女の浮かべていた笑顔が、キラキラとまばゆいほど輝いていたからである。

ひとかけらの媚も、お追従《ついしょう》も、お愛想もない。彼女は、全身でスキップを楽しんでいた。

迷いも愁いもなく、今あることを、今できることを、この上なくいとおしんでいた。

なんて素敵な笑顔があるのだろう。無垢《むく》とは、なんて美しいのだろう。

そう思う私の頬に、知らず知らず、笑顔が浮かんでいたらしい。

前方からやって来た初老の男性に、笑みを返されて、はっと我に返った。

私はいつも下を向いて歩いている。知らない人に声を掛けられるのが面倒だからだが、ときどき知り合いに、「なんでそんなに怖い顔して歩いてるの」と、指摘されることがある。

男性は帽子を取って、軽く会釈してきた。私も笑顔のままコクンと首肯《うなず》いて、知らぬ同士は行き違った。

ぽっと一輪、花が開いたように、一日が幸せになった。

五月　はためく

一枚の古い写真がある。

父が兄の次郎を抱き、笑っている。そのかたわらで母も笑っている。母は、今しも鯉のぼりをあげようと、綱を引いている。

父は雄大なものを愛した。庭に高いポールを立て、特大の鯉のぼりを泳がせては喜んでいた。「つまらない映画を観るより、はたはたと風にはためいているオシメを眺めている方がよっぽど楽しいね」と言っていた父である。鯉のぼりとともに、子供たちの名が染め抜かれた旗が、大空に翩翻《へんぽん》とひるがえるさまを見るのは、さぞや痛快だったろう。

しかし、次郎兄が重い病を得て寝たきりになってしまってから、父は鯉のぼりをあげなくなった。やがて兄も父も亡くなり、木々の生い茂るその庭に、鯉のぼりを立てるスペースは、もはやない。

先日、「初節供の憂鬱」といったような若い主婦のつぶやきが、新聞に載っていた。

娘や息子が節供を迎えるたびに、双方の実家から「お祝いに」と、大きな人形や鯉のぼりが送られてくる。「都会の小さなアパートは、ただでさえモノでいっぱいです。どこに人形を飾るスペースがあるでしょう。どうやって鯉のぼりを立てたらいいのでしょう」。本当に孫のためだったら、お金を送ってくれた方がよっぽど役に立つのに……という溜め息で、その一文は結ばれていた。

お母さんも哀しいし、幼子も哀しい。実家の両親もまた哀しい。そして、「屋根より高い鯉のぼり」は、もう歌の中にしかない風景なのかと、私までなんだか哀しくなってしまった。

六月　白が輝く

自分の少女時代に、セーラー服の三年間があったことを、有り難く思う。プリーツスカートの寝押しに失敗したり、リボンを結ばずに学校に行ったり、冷や汗をかいたことも多かったが、セーラー服を着ずに大人になったら、なんだか青春に大切な忘れ物をしてきたような気分になったかもしれない。

六月、みな一斉に白い夏服となる、あの瞬間が好きだった。

昨日までよどんでいた教室の空気が、その日、一変する。鮮やかな新緑を映して、眩しいばかりに白が輝く。育ち盛りの子供の汗の匂いが、パリッときいた糊の香りに包まれる。

待って、待って、待って、「衣替」になるのだといつも思った。

待って、待って、待つから、「白」がこんなにも新鮮なのだ。こんなにも涼しげなのだ。

欧米には、衣替はないのだろうか。

数年前、アメリカで仕事して、ふとそんな戸惑いを覚えた。

セーラー服の少女たちに私が話し掛けるという一場面を撮ったのだが、ハリウッドでも指折りの衣装デザイナーが選んだセーラー服は白い半袖、一方、私の衣装はといえば厚手のツイードだったのだ。

ロサンジェルスの街を歩けば、毛皮とTシャツが入り交じり、みな、それが当然という顔をして歩いている。

「いえ、昔はちゃんとあったわ」と、しかし、アメリカ人の友達は言う。

「白い麻の服を着るのはいつからと決まっていたわ」

そのけじめが崩れてしまったのは、いつ頃だったのだろう。

日本もやがて崩れてしまうのだろうか。

衣替無用のウォーク・イン・クローゼットに憧れながらも、私は大いに案じている。

七月　星に願いを

七月七日に夜空を仰がなくなって、久しい。

そういえば、七夕の飾りも長いこと見ていないような気がする。

天の川でへだてられた織姫と彦星が、年にたったいっぺんだけ逢える夕べ。こんなロマンチックな夜もなかろうに、現代の恋人たちの胸は、クリスマスやバレンタイン・デーにしかときめかない。子供たちにしても、素朴な笹飾りなどより、豪華なクリスマスツリーの方を好む。

「しょうがないのよ。いまはモノ文化だから」と、知り合いの編集者が自嘲気味につぶやいた。彼女は毎年飽きもせず、「クリスマス、絶対欲しいのはコレッ!」「手作りチョコでカレの心をゲット!」なんていう特集を組んでいる。「七夕に、願うぞ、学問技芸の上達!」なんていう見出しでは、雑誌は売れないのだろう。

七月七日の朝、蓮の葉の上においた露を集めて、墨をすり、その墨で五色の短冊に願い事を書くと、字が上手になる……。

母の郷里《さと》には、そんな言い慣わしがあった。

しかし、母の家のまわりには蓮池などなく、里芋の葉っぱで代用していたという。

「それでね、朝早く起きて、ビンを持って、遠くの里芋畑までお友達と朝露を集めに行ったの」

「まあ、だから、お母さんは字がお上手なのね」

母が苦笑した。母はいまだに書道教室に通っており、提出日間近には、毎度、家事をほっぽって課題と格闘している。

七夕には、なんとか蓮の葉の朝露をプレゼントしたいと思うのだが、我が家の近所には、蓮池はもとより、里芋畑すらない。

八月　闇

「夏は夜」と、清少納言《せいしょうなごん》は綴った。

「夏は夜。月のころはさらなり、闇もなほ蛍のおほく飛びちがひたる」

私の幼い頃には、「闇」がいつも身近にあったような気がする。夜は、暗く、長く、怖いものだった。何も知らぬ幼い心には、自分を取り巻く世の中そのものが、「闇」だった。だからこそ、闇を照らすほのかな明かりに、その明かりを受けてきらきら輝くものに、痛いようなときめきを覚えていたのだろう。

布団に入って天井を見上げる。緑の麻の蚊帳《かや》ごしに、四十ワットの裸電球がぼんやりと光っている。その鈍い光を求めて、無数の虫が飛びかう。大きく、小さく、蚊帳に揺らめくその虫の影を、まるで回り灯籠《どうろう》に見入るように、飽かず眺めていたものだった。

「蚊帳に入るときはね……」と、いつも母に注意された。

団扇《うちわ》で、蚊を追ってからスルリと入る。もしくは、何度か小刻みに蚊帳の裾を上げ下げして、素早くもぐりこむ。

それでも、明かりを消して真っ暗な闇が訪れると、プウーンと蚊の飛ぶ音が聞こえることがあった。そんな夜はいつまでも眠れず、闇がことさら深く感じられた。

朝になって、蚊帳を畳む。「そこを持って」「そっちをこっちに」と、母に言われるまま動いていると、大きな蚊帳がみるみる小さな四角い布になる。あんな複雑なことがどうしてできるのだろうと、尊敬の気持ちで母を見上げたものだった。

やがて、網戸が取り付けられた。クーラーも入った。

私が畳み方を覚える前に、蚊帳はどこかへ片付けられてしまった。

街には蛍光灯の明かりがきらめき、闇はもはや、ない。

九月　月に思う

星空を眺めてはウットリと物思いにふけっていた年頃もあったが、近頃では「星よりも月」になってきたような気がする。

「今夜は月がとっても綺麗だよ。見にきてごらん」と、むかし庭先から父や母によく声を掛けられた。そのたびに、彗星《すいせい》が現われたわけじゃあるまいし、毎晩出ている月がなんでそんなに珍しいんだろうと、少々わずらわしく思っていたものである。

しかし、あの頃の両親の年齢に近づくにつれて、識《し》らず感じ方が似てきた。

見事な月に出逢うたびに、しばし言葉も忘れて見惚《みと》れ、誰かにこの美しさを伝えたいと願う。幸か不幸か私には、そんな私をわずらわしく思う、つれあいも、子供もいない。

ほろ酔いで家路をたどる頃、西の空で私を迎えてくれるのは、いつも同じ形の月である。

それは、上弦の月……と、姪の教科書にあった。結構、勉強熱心な小学生だったつもりだが、月は満ち欠けの具合によって、出る時間、入る時間が決まっていることを、今の今まで知らなかったのだ。

満月は、夕方に出て、真夜中に中天にかかり、明け方に沈む。

つまり、一晩中だって愛《め》でることができる。

けれど、窓を開け放って家族で見上げた月は、必ず同じ方角に浮かんでいた。きっと、誰かが「今日は中秋の名月ね」と言い出すのは、夕餉の膳を囲むひとときと決まっていたからだろう。

やがて子供たちが大きくなって、それぞれ自分の世界を持ち始めると、食卓に家族の顔が揃うことが少なくなった。

「みなさん、ご飯ですよー。お願いお願い来てくださーい、だ」

そんな、父の自嘲気味のつぶやきを、懐かしく思い出す。

九月　金の絨毯

金木犀《きんもくせい》の花が咲いたのに気づくのは、必ず夜である。

朝はいつも転げるようにして、駅に向かう。花の色に心を奪われる余裕はない。

しかし、夜。闇に漂う甘く懐かしい香りに、ほろ酔いの歩みは止まる。目を閉じてその香を胸いっぱいに吸い込む。そして、ああまたこの季節がめぐってきたと実感するのだ。咲いている金木犀よりも、散った金木犀の方が好きである。

昔、玄関先にこの木があった。花が散ると、金色の絨毯を敷きつめたようになった。家を建て替えたときにも、このイメージにこだわった。しかし、建築家ににべもなく退けられてしまった。新しい家は和風だから、玄関の前は「もみじ」と言うのだ。もみじも悪くはなかった。けれども、私は金色の絨毯が恋しかった。何年かたって、もみじと金木犀をこっそり植え替えた。

無理がたたったのだろうか。間もなくもみじは枯れてしまった。金木犀も以前のようには咲かない。厚い絨毯も作らない。

闇の中、金木犀の香りをたどる。ここで一句と思う。しかし一句も浮かばない。金の花の散り敷く道を歩く。詩人だったらと思う。しかし一編の詩もできない。金木犀の季節は、いつもそんな溜め息とともに過ぎて行く。

「この明るさのなかへ　ひとつの素朴な琴をおけば
　秋の美しさに耐へかね　琴はしづかに鳴りいだすだらう」

　山の家で、ぼんやり窓の外を眺めながらコーヒーを飲んでいたら、八木重吉《やぎじゅうきち》のそんな美しい詩を思い出した。

「もったいないわぁ」と、母が言う。

「二人だけで見てるなんてもったいないわぁ、みんなにも見せてあげたい」

　もちろん、母のひいきめである。そんなに立派な眺めではない。ほんの四、五年前に植えたばかりの、貧弱なカエデ。ほとんどほったらかしの、荒れ果てた庭。

　だが、庭木の一本一本は私が選んだ。

　紅葉の真っ盛り、山に入って好きな照り葉を示し、懇願した。

「こんなふうに、赤く透けるように紅葉する木が欲しいんです」

　植木屋さんは、困ったような顔で応えた。

「紅葉っていうのは、同じ株から取っても、それぞれ質が違うんだよ。どういう色が出るかは植えてみなきゃわかんない」

　まるで人間だなと、思った。人間の子と同じである。

　以来、山の我が子たちのことが、気になってならない。

京都の紅葉がどんなに美しかろうと、金色に光り輝く北海道にどれほど心を揺さぶられようと、山の我が子の様子を見るまでは、心が満たされない。本当の秋に出会った気がしないのだ。

しかし、私が行くときはいつも、我が子は色づく前か、色褪《あ》せてしまった後である。晴れの姿を見せてくれたためしがない。

それでも、朝な夕な、木々の前に立って、私は微笑んでいる。

やっぱりウチの子が、いちばん可愛い。

十一月　空へ……

秋が終わる頃、我が家は必ず一大パニックに陥る。

落葉掃きである。ハラハラと散る木の葉との、果てしのない追い駆けっこである。都の指定ゴミ袋が何袋もいっぱいになる。

「なんで、ゴミなの」と、私はいつも悲しく思う。カサコソと足音をたてながら枯葉を踏むのは素敵なのに。やがては腐葉土となって、豊かな自然の恵みをもたらすだろうに。

「今の道路は、みんな舗装でしょう」と、母が言う。

「昔は土だったから、そんなに目の敵《かたき》にしなくてもよかったんだけど」

新聞を開いて、またまた悲しくなる。ゴミの有料化にともない、社寺も、落葉の始末に悩んで木を伐ることになろうというのだ。

「なんで、境内《けいだい》で燃やさないのかしら」

「そんなに大量に燃やしたら、ご近所から苦情がすごいわよ」

風のない静かな日には、我が家でも落葉焚きをすることがある。庭の真ん中に、こんもり小さな枯葉の山をつくって、火をつける。一条の煙が、まっすぐ青い空に吸い込まれてゆく。

「私信は、焚火で焼くんだ」と、言った人があった。

いただいた手紙はすべてとっておきたいが、そういうわけにもいかない。かといって、自分にあてて書いてくれた手紙を、ゴミとして処理するのは、忍びない。

だから、自分で丁寧に掃き集めた落葉で焚火をするとき、そうした手紙も一緒にくべる。

一通一通にもういちど目を通しながら、ゆっくり別れを告げるのだそうだ。

木の葉と言の葉が、絡みあいながら天へと昇ってゆく。

そんな日の空の色は、きっといつにも増して青い。

十一月　お姉さんの時代

二十歳のとき、珊瑚礁の鮮やかな青で染め上げたような、美しい紅型《びんがた》の着物を作った。私の初めての着物である。

ひとしおの愛着がある一枚だが、女も端境期《はざかい》を迎えると、さすがに袖を通すのははばかられる。

「染め替えようかしら」と呟いたら、着物好きの友人に「もったいない」と止められた。

「姪ごさんにゆずってあげたらいいじゃないの」

姪が三歳の祝いを迎えた。絶好の機会ではあるが、かんじんの決心がつかない。引き出しを開けるたびに、未練に絡みとられてしまうのだ。七歳になった。紅型はいまだに簞笥の奥に眠っている。

私の母は私よりずっと寛容だから、孫に自分のペンダントをゆずったりする。

「わあ、きれい！」と、姪は目を輝かせる。

「でも、本当にもらっちゃっていいの？　おばあちゃん、いらないの？」と、さかんに心配するので、「だって、おばあちゃん、もうそういうのしないでしょ」と、請け合った。

姪は一瞬、不思議そうな顔をしたが、すぐに大きくうなずいて、「そうよね、おばあちゃん、『お姉さんの時代』終わっちゃったもんね」と言った。

姪はときどき鋭い文学的センスを発揮する。

私が思わず「アハハ」と笑うと、姪はペンダントから私に視線を移し、キッパリと言った。

「アンタもでしょ」

「お姉さんの時代」はそう簡単には終わらない。しかし、そのことを姪に理解してもらうには、あと三十年待たねばならない。

十二月　ながながし夜

年とともに、お風呂が好きになる。ちょっと前までは、冬でもシャワーで平気だった。今では、そのことを思い出すだけで、ぞくぞくと寒気がする。

父が無類のお風呂好きだった。

あるとき、その大好きなお風呂から出てきて、「お前さん、一緒に入って、子供たちに風呂の使い方を教えてやらなきゃダメだ」と、苦々しく母に呟いたことがあった。

自分の唯一のやすらぎの場を、育ち盛りの子供たちに、ベタベタ、ドロドロにされてしまうのが我慢ならなかったのだろう。

今の私には、その気持ちがよくわかる。一日の凝りと疲れをほぐす湯は、柔らかく、澄み切っていてほしい。子供の髪の毛や、まして垢《あか》など、絶対に浮いていてほしくない。冬至に柚子湯《ゆずゆ》につかる。これも、今や神聖な儀式である。この頃では、夜が長くなると、冬至でなくても柚子を散らす。

「あしびきの山鳥の尾のしだり尾の
　　ながながし夜をひとりかも寝む」

ほのかな柚子の香りの中で、ふと、父がむかし教えてくれた歌を思い出した。兄と妹と私と、四人で湯船につかりながら、父が歌い、子供たちが繰り返した夜があった。

父にとって本当に苦々しかったのは、子供たちのお風呂の使い方ではなかったのかもしれない。人の世の無常迅速をかみしめていたのではないだろうか。ひとつ風呂で、自分の歌う歌を、素直に繰り返す子供たちはもういない。

「ながながし夜をひとりかも寝む」と、そっと口ずさんでみる。

あまたある歌の中から、父がこの歌を選んだのは、なぜだろう。

あはれ・で

①かわいそうだ。②恋しい・懐かしい。③趣がある。「鳥の三つ四つ二つなどとびゆくさへあはれなり」（枕草子）。④立派だ・感心だ。⑤残念だ・名残りおしい・つらい。「都遠くなるままに、あはれに心ぼそく思されて」（大鏡）。⑥しみじみと感ずる・心を動かされる。

をかし

①（考えてみると）おもしろい・（これこれの点で）興味がある。②しゃれている・風雅だ・ふぜいがある。③美しい・かわいらしい。④上品だ。⑤こっけいだ・変だ。「見聞く人、をこがましう、をかしけれども、言ひつづくる事どもは、おろかならず恐ろしければ、ものも言はで、みな聞きゐたり」（大鏡）。

第五章　恋をしたら何もかもがあはれでをかし

トイレは決して「ご不浄」な場所ではない。

我が家のトイレなど、カルチャーセンターとしても立派に機能している。

さあて、今日はどの本にするかな……。長期滞在の兆しがあるときは、芳香剤のかたわらに並んだ本に手を伸ばす。フェルメールの画集を開いてみようか、『オペラとっておきの話』を読もうか、それとも『茶花植物図鑑』で今月の花をチェックしてみるかしらん。

本のページをめくるかわりに、「春はあけぼの……」と唱えてみることもある。棚の下には、『枕草子《まくらのそうし》』の冒頭部分を書き抜いた紙切れが、もう十年以上もピンでとめてあるのだ。しかし悲しいかな、いまだに「春はあけぼの」から先を、空では言えない。

「春はあけぼの……」「夏は夜……」ときて、清少納言は、「秋」の「夕暮れ」は、ねぐらへ急ぐからすさえ「あはれ」である、と言っている。まして、雁なんかが翼を連ねて飛んでいるのが空高く小さく見えるのは、とっても「をかし」なのだそうである。

【あはれ】①趣がある。②感動した。③かわいい。愛しい。④立派だ。感心だ。⑤かわいそうだ。⑥悲しい。寂しい。

【をかし】①趣がある。風情がある。②面白い。興味がある。③美しい。④すぐれている。立派だ。⑤滑稽だ。変だ。

どちらも同じような意味に思えるが、ものの本によると、あれこれ考えずに無条件に「ああ!」と感動してしまうのが「あはれ」、いったん頭で考えてから、「うーむ」とその素晴らしさを味わうのが「をかし」。つまり、「をかし」には「あはれ」より、知的で分析的、かつ観察的な匂いがするのだという。

そういえば、パリで大枚はたいて買った超高級シャンパングラスを、使いもしないうちに割ってしまったときは、どう考えても「あはれ」の⑥だったが、しばらく後に、その悲しい出来事をある冊子に書いて原稿料でモトを取ってからは、割ったことすら「をかし」の①となった。

失恋の悲劇の真っ最中には、オナラでさえ「あはれ」(⑤)に思えたが、それも時が「をかし」(⑤)に変えてくれた。

「をかし」とたくさん思える人は、幸せな人だと思う。しかし、「あはれ」のないところには、きっと、「をかし」もない。

「あはれでをかし」と感ずる心をはぐくむために、私は今日もトイレで本を開く。

上等な思い出

香港で、「上等」という言葉を思い出した。

亡くなった父がよくこの言葉を口にしたものだった。

「○○チャンみたいなのが欲しい」と言うと、「そんな、○○チャンみたいなのじゃなくて、もっと、ずっと上等を買ってあげます」と、いつもより早口で少し怒ったように言う。

しかし、「もっと、ずっと上等」なるものを買ってもらったことはあまりない。

唯一の「上等」の記憶は、中学に進んだお祝いに買ってもらった腕時計である。

「今度、香港に寄るから、お土産に上等な時計を買ってきてあげましょう」

そう言って父は旅に出た。そして、ある朝目覚めると、本当に、スイス製の綺麗な腕時計が私の枕元に置いてあった。

いつの間にか「上等」という言葉も、父の思い出も、随分古いものになってしまった。そういえば、あのときに買ってもらった時計は、どこへ行ってしまったのだろう。

香港で、ふとそんなことを思い出したのは、その旅の最大の目的が、時計を買うことだったからかもしれない。

数年前、「さるお方」と旅をした。「さるお方」とは、私の長年の憧れの君である。残念ながら二人きりの隠密旅行ではない。ライバルもいっぱいの仕事の旅である。しかし仕事ながら、旅は思い切り楽しく、思い出深いものになった。憧れの君にしても思いは同じだったのか、しばらくしてから、旅の記念にと腕時計をくださった。もちろん、私だけにくださったわけではない。数人が同じ時計を贈られた。

しかし、私の名と憧れの君の名が刻み込まれている時計は、世界に一つしかない。その時計は私の宝物となった。私は、片時も離さず、その時計を身につけていた。

「片時も離さず」と言ったのは、当然、言葉のアヤである。女優にそんなことできるわけがない。役を演じるときは、別の人間になる。自分のものではない服を着て、自分の言葉ではない台詞を喋る。当然、時計もはずさなくてはならない。

あるときのこと。いつものように、本番前に時計をはずした。そしていつものように、化粧ポーチにその時計を滑り込ませた。……と、そこまではよかった。本番を終えて、時間を確かめようとして愕然《がくぜん》とした。時計がないのである。化粧ポーチを三回引っ繰り返した。バッグも丁寧に探ってみた。歩いた道は地面に穴があくほど捜索した。しかし、どうしても出てこない。

名前が刻んであるのだから、いずれは戻ってくるかもしれないと、一縷《いちる》の望みをつないだが、三カ月たち、半年たつうちにあえかな幻想もついえた。泣くに泣けない思いで、宝物への未練を断ち切り、この不祥事が憧れの君のお耳まで届かないことを、ただひたすら祈るばかりだった。

試練のときは必ずやってくる。まもなく憧れの君から「久しぶりに会いましょう」と、時計仲間への招集がかかった。小躍りして駆けつけたい気持ちと、法廷におもむく大罪人のような気持ちが入り交じる。

夏の盛りだったが、私は手首がすっぽり隠れる長袖のワンピースを着て行くことにした。見ているわけがない。見えるわけもない。

しかし、かの人の視線がチラチラと私の左手首をかすめているようで、食事の間じゅう、落ち着かない。冷や汗をぬぐうのも、笑った口もとを覆うのも、左手であってはならず、うかつには拍手もできず、あれほど緊張を強いられた会食は、後にも先にもなかった。

別れぎわ、左手を振らないように気をつけながら、私は考えた。これはどうしても、寸分違わぬものを手に入れなくてはならない。

香港では、その時計仲間の一人である女優さんが一緒だった。

「ええーッ、こんな大切なものなくしちゃったのォ、信じられない！」

と、彼女は自分の時計をいとおしそうになで回しながら、私の粗忽《そこつ》ぶりを悪しざまに言う。そんな彼女を拝み倒すようにして、時計店までつきあってもらった。「これと同じものを……」と、彼女のしている時計を店員に指し示せば、コトは簡単に片付くはずである。

私が案じていたのは値段だけだった。なにしろ相手はロレックスなのだもの（念のため言っておくが、こんな高級品のやり取りが、芸能界で当たり前に行われているわけではない。これはごくごく特殊なケースである）。

ロレックスは確かに高級品である。しかし、実のところ、私の好みではなかった。「高級」と「上等」はちょっと違う。「高級」にはツンとした冒し難い雰囲気が漂うが、「上等」にはもう少し愛情が入る。いつかは手に入れたいもの、大切に使いたいもの。私は「上等」という言葉に、そんなイメージを持っている。

つまり、ロレックスは高級ではあっても、私にとって上等な時計ではなかった。

しかし、贈られてみて、手にしてみて、そしてなくしてみて、私のロレックス観が少し変わった。さらに「これと同じものを……」と香港で買い求めようとしてみて、驚いた。オーソドックスな型ではあるが、これとまったく同じ時計は店にはないというのである。

「ホラ、文字盤のデザインが微妙に違うでしょう。こういうタイプのは百個に一個ぐらいしか作られてないんですよね」

我らが憧れの君は、単に高級だからとこの時計を選んだわけではない。その贈り物に対するこだわりを知って、私たちはジーンときてしまった。「そんな有り難いものをなくすなんて」と、また女優が私のことを睨んだ。

「いつまででも待ちますから」と、その店に頼み込んで探してもらって、待つこと三カ月。近頃ようやくその時計を手に入れた。

そこに私の名はない。もちろん憧れの君の名も入っていない。しかし、以前にも増してその時計には思い入れがある。

世に「高級」な時計はあまたあるけれど、私にとってこれ以上「上等」な時計は、今やどこを探してもない。

一期一会

どんな道にも、達人はいるものである。凡人は達人に道を習うのがいちばん早い。

というわけで、私は「師」と仰ぐ人をたくさん持っている。そして「買い物」の師匠といえば、なんといっても名取裕子さんなのである。

この人と、昔、チュニジアにロケに行ったことがある。

ある夜、みんなで会食というとき、彼女が美しい銀の腕輪やら指輪やらを、ジャラジャラと身につけて現われた。これもあれも、さっき買ったばかりと言う。

私にはわけがわからない。私は名取嬢よりずっと暇だったので、その暇にあかせてスーク巡りをしていた。迷路のようなスークを何時間も歩いたけど、そんな上等なものには一切お目にかからなかった。戦利品といえば、値切るのが面白くて買った四、五十円のガラクタばかりである。

「よく、そんなものを見つける暇があったわね。どこで買ったの？」と訊くと、

「すぐそこ。ホテルのそばの国営の民芸品店。いーっぱいあったわよ」と、涼しい顔である。

この人の買い物エネルギーは凄《すさ》まじい。私の千倍くらいあるので、ほんの十五分の休みで

も無駄にはならないのだ。

私はといえば、見事な銀細工のアクセサリーが、涎《よだれ》が垂れるほど羨ましい。翌日も暇はたっぷりあったので、早速、その国営の民芸品店に行ってみた。

ところが、ないのである。なんにもないのだ。銀のアクセサリーのショーケースは、一列きれいにカラッポだった。みんな、前日、名取裕子嬢にさらわれていってしまったのである。

「だって、『買って、買って』言うんだもの、品物が……」と、かの女優は言う。

旅先の買い物は「一期一会」である。買おうかどうしようかと迷ったら、とにかく買っちゃうんだそうである。

一度、彼女の旅のお土産の全貌を見たことがある。お土産専用のスーツケースから、あらあら出てくる出てくる、どこにこんなにいっぱい詰まっていたんだろう。まるで手品みたいに出てきて、たちまち広い部屋の絨毯が埋まってしまった。

「あと、出てこないのは鳩だけって感じでしょ？」と、女優はすましたものだった。

買おうかどうしようかと迷ったら、絶対に買わないのが、私である。

この性格で、いつも後悔している。

あるとき、フランクフルトの空港で素敵な鞄《かばん》が目についた。名取嬢流に言えば、鞄が全身で「買って、買って」と主張していたのである。

それは美しい鞄だった。色も上品だし、形もいい。ちょうど機内に持ち込めるくらい、座席の下にぴったりおさまるぐらいの理想的な大きさだった。

（これだったら、一泊旅行くらいできるな）

と、鏡の前でためつすがめつしながら私は思った。

大体私は、適当な大きさの鞄というものを持ったことがなかった。いつも、紙袋で代用していた。一泊旅行でさえもである。あまりにも紙袋を偏愛しているものだから、「フミちゃん、知ってる？　紙袋持ってるのって、オバサンなんだよ」と、ある女優さんから忠告されたこともある。

そうだ、女優だったらこういうバッグのひとつも持っていなくてはと、買いかけた手がハタと止まった。値札が見えたのである。日本円にして、およそ十一万円。これを衝動買いと言わずして、なんと言おう。

迷いに迷ったあげく、とうとう買わずにフランクフルトを後にした。

一年後、ロンドンで同じ鞄に出会った。やはり、「買って、買って」と懇願している。

「よし！」と思って店に入ったが、値段を知ってまたもや踏みとどまった。十三万円なのである。ドイツのものはやっぱりドイツで買うに限る。

しかし、なかなかドイツに行くチャンスは巡ってこなかった。さらに一年たって、今度はシンガポールで、その鞄に会った。「絶対、買って」と、鞄もまなじりを決している感じである。値段はいよいよ高くて十五万円。しかし私はこれ以上辛抱できず、とうとうひったくるようにして、買って帰ってきた。

昨年パリでも、さんざん迷ったすえに、世にも美しいネックレスを買わずに帰って、今、イヤというほど後悔している。

友達と一緒だった。彼女が先にそのネックレスを買う決心をしたので、突然、倹約精神が頭をもたげたのである。

「そうだ、必要なときはアンタに借りればいいんだわ。一緒にパーティーに出るとき、同じネックレスしてたらバカみたいだし、二人にひとつあれば十分ね」

と、勝手な理屈をつけて、財布の口を締めた。

しかし、買い損なったネックレスは美しい。旅行のたびに、パーティーのたびに、「アレさえあれば」と思う。あまりに頻繁に「貸して、貸して」と言うので、友達もなんとなく面倒臭そうな顔をするようになった。

「なんで買わなかったの？」と、買い物の師匠は詰問する。「だって、高かったんだもん」

と、弟子は答える。「いくら？」と、再び師匠。「二万円……」と、蚊の鳴くような声で弟子。

名取嬢は、プッと吹き出した。

「やだ。フミちゃんのことだから、高いって十万円くらいかなとは思ってたけど。パリでそのくらい、高くない！」

二万円は高くないのだろうか。

よい師匠を持ってはいても、達人への道は遠く、険しそうである。

コレクター

男と女はどうしてこうも違うのだろう。

いわゆる「収集癖」のある人にお話を伺っていると、いつもその疑問が頭の中でグルグルと渦を巻く。

時計を百個も二百個も持って、一体どうするんだろう。千円も出せば使い捨てカメラが買えるこのご時世に、なんでまた何十万、何百万もする古ぼけたカメラを欲しがって、家庭騒動を起こしたりするんだろう。

「そりゃあ、男には征服欲があるからさ」

と、女性学の権威、フェミニストの田嶋陽子先生は一刀両断に言い切った。

世界を征服したいと思ったってかなうわけがない。だから、男は女を征服（支配）しようとする。それもかなわぬ場合は、モノに走る。モノを征服（収集）することで、小さな達成感を味わう。長い間、男に支配されていた女たちには、モノを集める時間も、お金も、集めたいという意思すら、持つことが許されていなかったのだ。

余裕さえあれば、確かに女も集める。イメルダ夫人はマラカニアン宮殿に三千足の靴を残したというし、エリザベス・テーラーが、ダイヤモンドにご執心だったのも有名な話だ。

私も集めたいと思ったモノがある。

小さい頃、知り合いのフランス婦人から綺麗な包装紙をいただいた。包装紙というより、それは「絵」だった。一枚はとりどりの花模様、もう一枚はカラフルな動物たち。そのまま壁に貼って楽しめる美しさだったし、実際にそうして壁のシミを隠してもいた。

今のように、美しいものが街にあふれている時代ではなかった。その紙からはパリの匂いがした。その紙を見るたびに、私は遠くパリを夢見た。

以来、私は「包み紙」に弱い。

外国に行くたびに、デパートや、文房具店や、ファンシー・ショップを覗いては、綺麗な包み紙を買って帰る。この頃では、日本のお店にも素敵な包み紙がズラリと並んでいるから、私も真剣である。日本では絶対に手に入らないような柄を選ぶ。その国ならではのものを手に入れようと心を砕く。そうやって、わがコレクションも少しずつ充実してきた。

しかしある日、嬉々として旅立とうとする私の前に、母が立ちふさがった。

「あなた、包み紙はもう十分ありますからね。買ってこなくてもいいですからね」

この言葉には呆然としてしまった。

一体、包み紙のどこが悪いのだ。一枚たかだか百円か二百円。家計にひびくわけでもあるまいし、百枚持ってたって、かさばるってものでもない。ちゃんと役にも立つ。しかし、母はニコニコと「もう、使い切れないくらいありますからね」と、繰り返すばかりだった。

女の収集家は育ちにくい。何しろ歴史がないのである。すぐに敵が現われる。

その敵は敵で、到来品の箱や包装紙や紐を大切に取っておいて、我が家にごみの山を作るのを趣味としているようである。

どうしてもクリスタル

ある日、コップを買いにデパートに行った。

わが沿線には、東洋一とか日本一とか謳われる巨大デパートがある。「そこだったら何かいいのが見つかるでしょう」というのが、家族の言葉だった。しかしガラス食器売り場に入るなり、たちまち後悔した。私の辞書に「決断」という文字はない。こんなにたくさんのコップの中から、どうやって「これ！」と、決めたらいいのだろう。

「なるべくシンプルなのを」と言われたのを思い出した。探しに探して、やっと一番さっぱりしたコップの前にたどりついた。だが「さっぱり」にも大中小がある。大きいの、小さいのと、小一時間ほどためつすがめつしたあげく、「優柔不断」ゆえに真ん中を選ぶ。

さあ、これで買い物は終わった。

ホッとしたのも束の間だった。店員さんがニッコリとほほえんで、「どちらにいたしましょうか」と訊いてくるではないか。目の前には、まったく同じ形、同じ大きさのコップが二つ並んでいる。

「どう違うんですか？」と、疲れ切った声で訊いてみた。

「ハイ、お値段がちょっと……」

「どうして違うんですか?」

「はあ、こちらクリスタルになっておりまして……」

クリスタルと言われた方のコップを、爪の先で弾《はじ》いてみる。なるほど、金属質の鋭い音がする。

「クリスタルだと、やっぱり透明感が違うんでしょうね」

「はあ、もちろん」と、再び店員さんが笑みを浮かべる。

「でも、割れやすいんでしょうね」

「はあ……」

「普段づかいに、クリスタルなんていらないかしらね」

「はあ……」

その後三十分を店員さんとの相談に費やし、結局「安い」方を選んで買った。

「クリスタル」についての私の知識は、そのくらいのものだった。

その私が、パリに来て突然「クリスタル」に目覚めた。

きっかけは、松本弘子さんである。ピエール・カルダンのモデルとして一世を風靡《ふうび》した松本さんは、フランス人のご主人を持ち、パリ在住も長い。フランスの一流が、自然と身についている。その松本さんが、ふっとおっしゃった言葉が耳に残ったのだ。

「私ね、今朝気づいたから主人に言ったの。『やっぱり、最高のワインを飲むときは、バカラじゃなくっちゃだめね』って。ちっとも美味しくないのよ。落として割ったらもったいないとか、考えてちゃだめなのね」

そうなのである。かの北大路魯山人も言っているではないか。「二流の食器にものを盛って平気ならば、その器どまりの料理しか作れない」。クリスタルでないコップに満足しているようでは、そのコップどまりの人生しか送れない……かもしれない。

早速、「バカラ」を訪ねてみることにした。

パリはパラディ（楽園）通り。一帯には陶器や磁器、ガラス器、銀器を扱う店がズラリと軒を並べている。「バカラ」の本社は、このど真ん中にある。

実はこれまでにも二度、ここに来たことがある。もう何年も前、「バカラは高級クリスタルの代名詞」なんて知らない頃の話である。

一緒にパリに撮影に来ていたスタッフが、もうひとつ別件の仕事を抱えていて、「バカラ」に取材に行かなくちゃいけないという。

「その間、ダンさんはヒマになりますが、どうされますか」と、訊かれた。もちろん取材陣にくっついて行くことにした。行く先はクリスタルのショールームと、そこに併設するミュージアムである。何かいいお土産があるに違いない。

しかし、どれもこれも高すぎた。とても手が出ない。私は早々に買い物をあきらめ、ただブラブラとショールームを歩き回って、みんなの仕事が終わるのを待っていた。

ふと、片隅の小さなグラスに目がとまった。シェリーグラスだろうか。あっさりとした模様、控えめな輝き。冷酒にも合うかもしれない。中井貴惠さんの顔が浮かんだ。ちょうど、もうすぐご結婚というときで、「お祝いしなくちゃね。フミちゃん、パリに行くなら何か見つくろってきてよ」と、『連想ゲーム』のメンバーに言われていた。

恐る恐る値札を見た。比較的手頃である。これにしよう。みんなで出せば怖くない。

しかし、バカラのお兄さんは、私の選択を手放しで褒めてはくれなかった。眉根にしわを寄せて、「これは、在庫が……」と言う。

「いくつあるの」と、不安な思いで訊いてみた。お兄さんは、コンピューターのキーをさかんに叩いている。やがて、画面に数字が出た。

「七十二個」

私は、吹き出しそうになった。買いつけに来ているわけじゃあるまいし。結婚祝いなのだ。六個あれば十分。

珍しく見事な決断だったと、私は意気揚々と紙袋を抱え、出口に向かった。

帰りぎわに再び「在庫がなくて……」という、申し訳なさそうな声が聞こえた。

「在庫がない」。この言葉が長いこと引っ掛かっていたが、今回、ようやくわかった。

フランスと日本では、商売のしかたがまるっきり違うのだ。

日本で「在庫がない」というと、すなわち「今、売るものがない」ということである。

フランスの「在庫がない」は、「将来、保証できない」ということらしい。

私が貴恵ちゃんのグラスを見つけた場所は、そういった「在庫がない」製造打ち切りの品ばかり集めた、値引きコーナーだったのだ。


フランス人にとって、こういう高級食器は、「少ないからいい」ものではない。いったん買ったら、どのくらい長く愛用できるか。割れたり、欠けたりした場合、いつまで補えるか。こういったことが大切な付加価値となる。


こんな話がある。

あるとき、品のいいおばあさんが、小さな箱を大事そうに抱えて、バカラにやって来た。箱には、割れたグラスが綺麗な薄紙に包《くる》まれて入っていた。

「どうにか直せないかしら」と、おばあさんは悲しそうな顔で言ったという。

「私が結婚したとき、私のひいお祖母《ばあ》さんがお祝いにくれた、大切な、大切なものなの」

ふちがちょっと欠けたくらいだったら、直してもらえる。さすがに、粉々に砕けたグラスは直せない。しかし、そのデザインが今もあるものなら、ひとつだけ買い足して、次の世代に贈ることはできる。

たとえば「アルクール」というシリーズのグラスは、一八二五年にアルクール公爵のためにデザインされたものだが、百七十年以上たった現在《いま》でも、バカラのベストセラーとなっている。

ここで、なんだか中井貴恵さんに申し訳なかったような気がしてきた。

貴恵ちゃんのグラスはもうないのだ。

貴恵ちゃんの結婚からしばらくして、またパリに行く機会があった。そのときも、中田喜子さんへの新築のお祝いをことづかっていた。ご本人の希望もあって、プレゼントは貴恵ちゃんと同じものということになった。

ところが、ないのである。バカラに行って、隅から隅まで捜してみたのだが、同じグラスが見つからない。きっと七十二個あった在庫も尽きてしまったに違いない。

だから、貴恵ちゃんが割ってしまったら、もう、お嬢さんの結婚のときに六客揃いで譲るというわけにはいかないのだ。

親から子へ、子から孫へ……。代々伝わるのはバカラの製品だけではない。技術もまたしかり。

バカラの職人の多くは、親子何代にもわたって働いているのだという。

「バカラ」というのは、実は村の名前である。パリから東へ四百キロほど行ったところ、ロレーヌ地方の南にその村はある。フランスの手作り高級クリスタルの半分が、そこから生まれている。

バカラ村から職人さんが数人、本社に来ていた。ショールームの下に小さな作業室がある。磨き上げたり、直したり、名前を入れたり、パリでの用事も結構多いのだ。

職人の一人、ピシャーさんのお仕事ぶりを拝見した。ピシャーさんの専門はグラヴュール。クリスタルに、絵や文字を彫り込んでいく作業である。

ワイングラスに、繊細な花模様を彫っていく。このやり方が、私の想像とまったく違っていた。

私は、歯医者さんが歯を削るように、手に電気ドリル（?）を持って、絵を描いていくのだとばかり思っていた。しかし、ピシャーさんの手にはワイングラスしかない。電気ドリル（銅製のホイール）はデスクに据えつけられており、ブンブン唸《うな》るホイールに、そっとグラスを押しあてながら絵を描く。つまり、鉛筆ではなく、紙の方を手に持って絵を描く要領だ。しかも紙は平らではない。極端に破れやすい。一見するだけで、大変な技術と集中力を要することがわかる。

ピシャーさんは、十四歳からこの仕事を始めて、この道五十有余年。MOF（フランス最優秀職人）の称号も持っている。「クリスタルが好き」と、ピシャーさんは言った。クリスタルに囲まれていれば幸せなのだそうだ。

しかし、「クリスタル」とは一体なんなのだろう。ガラスとどう違うのだろう。恥をしのんで訊いてみた。答えは明快だった。鉛の量が違うんだそうである。鉛の量が多いのがクリスタル。

鉛の含有量が増えると、光の屈折率があがり、輝きが増す。普通のクリスタルは二五％ほどの鉛を含む。バカラの製品となると三〇％。輝きも、透明度も増すかわりに、細工が格段に難しくなる。バカラでは、加工から仕上げまでの間に、半分近くがアンパフェ（不完全）ということで割られてしまうのだそうだ。

クリスタルには負けた。とうとう、自分のためにもクリスタルを買うことにした。ごくごく品のいいシャンパングラスである。

上等のピンク・シャンパンも買って、日本に持ち帰った。これで、飲み初《ぞ》めをしよう。

しかし、グラスの梱包も解かないうちに祝いごとが持ち上がった。三人たて続けに男の子を産んだ友達に、やっと女の子が生まれたのである。これは、やっぱりピンク・シャンパンの出番だろう。

キリリと冷えたシャンパンの栓を、ご主人に抜いてもらう。

「ポンッ！」と、心地好い音がする。

「ゴメンね、グラスがなくて」

と、友達が棚からコップをかき集めてきた。

クマだとか、ペンギンだとかの漫画のついているコップだった。

「上等なのから割られていっちゃうのよ」

と、友はニコニコと幸せそうに言う。

ペンギンのコップで、ピンク・シャンパンを飲んだ。

あまり美味しくなかった。

クリスタルのように

「危ないッ」と思ったときは、もう遅かった。シャンパングラスはユラリと傾き、テーブルの上でまっぷたつに割れた。そして床に転がり落ちてこなごなに砕けてしまった。フランスから後生大事に抱いて持ち帰った、高級クリスタルである。泣いても悔やんでも、悔やみ切れるものではない。

しかし、悔しいという気持ちは不思議なほど湧いてこない。その割れ方が、あまりにも見事で、潔くて、私はウットリと見惚れてしまったのだ。

クリスタルの破片は床一面に散らばって、あちこちでキラキラと輝いている。そっと掃き寄せると、かけらとかけらがぶつかって、世にも美しい音を奏でる。

女ならば、クリスタルのようでありたい……

後始末をしながらそう思った。

「だってそうでしょう」と、友達と話す。

「安手のコップみたいに、『もうあきたから捨てたいんだけど、まだ役に立つからいっか』なんて、ザツに扱われるの癪《しゃく》じゃない」

「ちょっとヒビが入っても、割れそうで、なかなか割れないのよね、安いのは」

と、友も同調する。

「割れるときは、後腐れなくきれいに割れるの。そして、キラキラ輝く美しい思い出だけを残すの」

「あとで、その思い出がチクリと相手の胸に突き刺さったりしてね」

二人は自分たちをクリスタルと思うことで、互いの不幸な身の上を納得した。

きっと、高級すぎて売れないクリスタルなのだ。

聖夜のキッス

私のこの異様なるベタベタ好きは、一体どこから来たのだろう。

小さい頃から欧米の少女小説が好きだったせいか、それとも生来のベタベタ気質ゆえにそういった類いの物語に魅かれたのか……。とにかく『若草物語』や『小公子』『小公女』など、よい子がよい子になるためのお話を片っ端から読んで、私は育った。

そして、汚《けが》れのない心で考えた。

(どうやら「よい子」というものは、お布団に入る前に、お父さんとお母さんに「おやすみ」のキッスをしに行くものらしい)

早速、ガスコンロの前で忙しく立ち働く母のもとにすり寄った。

「大、大好きのお母さん、おやすみなさい」

母は「暑いっ!」と悲鳴をあげ、「シッ!」とばかりに私を追い払った。

悲しい思いで、今度は父のもとに向かった。

「大、大好きの父《チチ》さん、おやすみなさい」

父はさすがに邪険に追い払ったりはしなかったが、なんといっても明治の人なのである。

ビールグラスを持っていた手が宙に凍りつき、キッスを受けた頬がたちまち硬直した。

そして、「ハイ、おやすみ」と、そそくさと娘を寝床へと促したその目つきは、まるでエイリアンにでも遭遇したかのようだった。


二度の離婚をし、セラピー通いを趣味としているアメリカの女優の分析によると、この六歳のときの体験がトラウマとなって、私は今もって結婚できないのだそうである。

「フミもセラピーに行った方がいいわよ」

と、彼女は真面目な顔で私に勧めた。

しかし、そんなトラウマもなんのその、私は相変わらずベタベタ好きのままでいる。甥や姪の顔を見れば、熱い抱擁をもって迎える。だが、ここでも私は報われない。甥など、眉根にシワを寄せ、こぶしでゴシゴシとほっぺたをこすっては、身の不幸を嘆く。

「もう。オバチャンて、すぐチュッチュするんだから！」

私は思う。セラピーよりも何よりも私に必要なのは、「大、大好きのオバチャン！」と言って、私に頬ずりしに駆け寄って来るような、可愛い甥や姪なのだ。そんな子に囲まれていれば、宿痾《しゅくあ》のトラウマなど、一ぺんに吹き飛んでしまうだろうに。

数年前『母をたずねて三千里』というテレビドラマをフランスで撮った。

北フランスの小さな美しい港町オンフルール。その町に、ジュンとケンという日本の少年が二人きりでやって来る。離婚して自分たちを捨て、フランスに行ってしまった母親に、ひとこと「バカヤロー」と言うために。

ところが母親は子供のあるフランス人と再婚していた。二人の少年は、母の継娘であるサンドリーヌにいきなりキスで迎えられ、ドギマギしてしまう。

ジュンは十二歳、サンドリーヌは一つ年下の十一歳、そしてケンはまだ七歳。

初めてみんなの顔が揃ったとき、ドラマと同じようなことが起こった。サンドリーヌがジュンとケンに挨拶のキスをしたのである。

ジュンは茫然自失《ぼうぜんじしつ》といった感じで、口をあけたまま突っ立っていた。ケンは思わず知らず、手の甲で頬をぬぐっていた。

演出家が、したり顔で笑って言った。

「お前たち、今と同じことを演技でもやれヨ」

私は、「バカヤロー」と言われる母親役である。役の上とはいえ、捨ててきた子供たちのことが気になってならない。サンドリーヌは毎朝スタッフ全員にキスして回る。日本の子供たちも、もう少し愛想を好くして、国際親善に貢献すべきではないだろうか。

そこで私は、なんとか子供たちにキスに慣れてもらおうと、顔を合わせるたびにほっぺたに飛びつくスキを窺った。

子供たちの嫌がるまいことか。

ジュンはその目に恐怖の色を浮かべ、ケンはキャーキャー言って逃げ回った。

しかし、環境というのはよくしたもので、幼いケンなど、あっという間にフランスの習慣に馴染んでしまった。馴染み過ぎて、私も顔負けのベタベタ坊やになってしまい、そのしつこさにサンドリーヌが悲鳴をあげたくらいである。

思春期のとば口にさしかかっていたジュンの方は、ずっとシャイで頑なだった。辛うじて人から受けるキスには目をつぶって耐えるものの、自分からキスをするなんてことはひっくり返ってもありそうになかった。

子供たちの素晴らしいところは、言葉の壁など難なく乗り越えてしまうところである。撮影の合間に三人は子犬のようにじゃれ合い、もつれ合って遊び、ノルマンディーの陰鬱な冬空に、底抜けに陽気な笑い声が響いたものだった。

またたく間に二週間が過ぎた。

明日はクリスマスという夜、教会の向かいの古めかしいホテルで、「お疲れさま」のパーティーが開かれた。飛行機の便の関係で、日本人は、パーティーが終わるとそのままパリに向かわなくてはならない。

サンドリーヌから別れのキッスを受けてジュンが、サンドリーヌに機関銃のようなキッスを浴びせてケンが、ワゴン車に乗り込んだ。石畳を軋《きし》らせながら、車が発進した。

突然、ケンが叫び声をあげた。

「止めてッ！　サンドリーヌが泣いてる！」

ケンはもう車から飛び出さんばかりである。

大人が三人がかりでケンを押さえ込んだ。

「ケン、お前はもういいッ！」

そして、ジュンに向かって怒鳴った。

「ジュン、行けッ！　男だろ！」

ジュンが暗闇の中に駆け出した。

そしてサンドリーヌの肩を抱き、頬にそっとキスした。

小さな二人のシルエット。石畳の上に長く伸びた影法師。チラチラ光るクリスマスツリー。

それは、ドラマよりはるかに上出来のワン・シーンだった。

旅は道連れ

「成田離婚」ていうのが流行ってるんだそうだ（流行りっていう言葉で片付けられる現象かどうかは知らないが）。

派手な式を挙げ、大勢に祝福されて成田から新婚旅行に飛び立った二人が、成田に帰ると今度は家裁に向かうという……まあ、実際にはここまで字義通りではなくて、いわゆるスピード離婚の総称らしい。

そんな風潮に、フランソワーズ・モレシャンさんは歯噛みする。

「離婚はなるべくしない方がいいの！」

と、語気強くおっしゃる。

モレシャンさんも離婚経験者である。調停の間、悩みに悩み抜いてとうとう白髪になってしまったという。

「その人とうまくいくかどうか、結婚前にひと月でも一緒に暮らせばわかることでした。でもそういう時代ではありませんでした」

だから、今の人は、結婚したいと思ったら、まず一緒に住んでみることだ。生活をともにして初めて知ることは驚くほどある。いろいろなことを知った上でそれでも結婚したかったら、すればいい。離婚で余計なエネルギーを使ったり、傷を負う率がずっと少なくなるはずだと、モレシャンさんは力説された。

「日本も、いつかそれが当たり前になっちゃうのかしらね」

モレシャンさんの言葉を聞いて、私は友達に呟いた。

欧米を旅してみると、結婚前に同棲《どうせい》することが半ば常識になっているのがわかる。ボーイフレンド、ガールフレンドと相手のことを紹介するとき、たいていもうその相手と一緒に暮らしている。そして親もそれを公認している。

日本もやがてそれが当たり前となるのだろうか。私の友達は小首を傾《かし》げた。

「日本って、なんやかやいって保守的なところがあるから、そこまではいかないんじゃないかな」

友達は結婚十年目。三人の男の子がいる。

「でもね」と、急に母の顔になって彼女は続けた。

「子供たちが結婚したいって言い出したら、その前に二人で旅をさせようと思う」

「旅は人生の縮図だ」と彼女は言う。

「一緒に暮らしていく上で知りたいことは、ほとんど知ることができるんじゃないかな」

恥ずかしながら私は、男の人と二人きりで旅をする幸運にあずかったことがない。

しかし、旅をすると、今まで見えなかった、他人《ひと》の別の顔が見えてくることは知っている。

たとえば、とってもわがままだから一緒にいるのはかなわないだろうなァ、と敬遠していた女史と、仕事でヨーロッパに行ったことがあった。これが予想外に楽しい旅だった。彼女の決断と実行に任せておけば旅はスムーズかつ快適に進むし、同室になっても「お風呂、お先」とサッサと動いてくれるので、私が気を遣う必要がまったくない。

反対に、十年来の友達と旅したときは、参った。しとやか、控えめ、しかし辛抱強いといった彼女の美点が、すべて裏目に出るのである。

私よりはるかに言葉が達者なのに、道に迷っても人に訊こうとしない。地図をにらみながらいつまでも考えている。どこに行きたい何がしたいとは、絶対自分からは言い出さない。私がそれに思い当たるまで待っている。メニューを決めるのが遅い、人に失礼を請うことができない。「先にお風呂に入って」と言ってもグズグズ遠慮してなかなか入ろうとしない。気がつくと全部私が指図しており、なんだかイヤーな女になったみたいで悲しかった。

しかしなんといっても、一番気が合わなかった道連れといえば、我が母であろう。

あるとき、旅好きで旅行番組ばかり見ている母に、水の都ヴェネチアを見せてあげようと思い立った。ロンドン、パリ、ヴェネチア、フィレンツェを三週間かけて巡る豪華版である。疲れが取れるようにと、ところどころに超高級ホテルを手配した。飛行機もビジネス・クラスである。

しかし飛行機の中から雲行きは怪しかった。この母は感謝を知らないのである。

「ビジネスなんて恰好だけね。エコノミーならアームをあげて横になれるのに……」

ロンドンでもオヤ？ と思った。

「まあ、親孝行でいらっしゃいますねェ」

と、さかんに私に感心する、ロンドンの知り合いに向かって、

「娘は親孝行と思っているようですが、私は娘孝行のつもりで参りました」

と、水を差すのだ。まあ、なんて可愛気がないのだろう。

普段は良妻賢母型で、娘にかしずいている観さえある母が、ここへ来て豹変《ひょうへん》してしまった。何しろわがままなのである。母親の強権をふりかざし、娘を奴隷のごとくこき使うのだ。

イギリスで私がちょっと通訳として役に立つと踏んだのか、どこでもかしこでも、「あなた訊いてよ」と命令する。フランスでもイタリアでも「どうしてかしら、あなた訊いてよ」。フランス語は知らない、イタリア語はできないといくら言っても、「訊いてきてよ」。

文句も多い。いいホテルに泊まると「寝るだけなのに。もったいない。良すぎる」と、気に入らない。手頃なホテルは「音がうるさい、眺めが悪い、お客さんの品が悪い」と、やっぱり気に入らない。

やがて、旅のハイライト、ヴェネチアに辿り着いた。ゴンドラがゆきかう、アドリア海の花嫁、美しき水の都ヴェネチア。千年変わらぬその旅情。「いかが？」と、とびきりの笑顔を向けた私に、母はつまらなそうな顔で応えた。

「なんだか作りモノっていう感じね。文化の香りがしないわ」

そして「あー、疲れた」と言ってベッドに横になり、一日中部屋から出て来なかった。

続いて行ったフィレンツェの方は、いたくお気に召したようだった。

「どうしてもっと早くに連れて来てくれなかったの」「あなたのヴェネチアと違って文化の香りがするわ」「なんでここが一日だけなの」

自分では何も買わない。私が気に入って何かを買うと、「失敗したわね」「ま、お金を落としたと思えばいいんだわね」と、ずーっと言っている。タクシーに乗れば、「遠回りされてるんじゃないの」「ボラれたわね」。

旅をつまらなくする天才とでもいうのだろうか。とうとう業を煮やして、

「もう、二度とお母さんと旅行しない！」

と、叫んだら、

「あら、こちらこそ御免だわ！」

と、のたもうた。

夫婦だったらこんな場合、即「成田離婚」できれいにオサラバなのだろうが、親子ではそうもいかない。黙々と同じ家に帰り、いまだに一緒に暮らしている。

母は相変わらず旅の番組が好きで、「あら、このホテル泊まったわね」「ヴェネチアのドゥカーレ宮ですって。行った？　まあ、どうして連れて行ってくれなかったの？」と、二人で行った旅を懐かしんでいる。

私は私で、ピサの斜塔を見れば、母の脚で上れるかしらと思い、ヒースの花咲く荒野に立てば、花の時期にうまく合わせて母を連れて来られるかしらと思う。

「旅は人生の縮図」というけれど、成田で別れてしまっては決して味わえない人生の妙というのもあるのかもしれない。

天上の響き

夜中に、母がお腹をかかえて寝室から出て来た。

「やっぱり、あの牡蠣《かき》に当たったわ」

しばらくして、妹も青い顔をして二階から下りて来た。「ウー、苦しい……」

その牡蠣は到来物だった。母は「生牡蠣には弱いから」と用心して、ほんの一口しか箸をつけなかった。妹は「大好物なんだけど、胃の具合が悪くて」と、いつもの半分だけ食べた。

私はといえば、調子に乗って、この二人の分まで平らげている。

天罰が下るのは必定だろう。そう思って神妙に裁きを待ったが、三十分たってもなんのお沙汰《さた》もない。風呂に入る。湯船の中で、お腹をふくらませたり、ひっこめたり、ねじったりしてみる。しかしゴロとも言わない。結局、天罰は下らなかった。

いつだったか、冷蔵庫の奥深くに好物のカニのクリーム煮があるのを発見して、誰にも了解を取らず、ガツガツと食べてしまったことがある。買い物から帰ってきた母が、その話を聞いて青くなった。そのクリーム煮は二週間ほど前のものだというのである。

私もたちまち青くなった。すぐさま洗面所に駆け込んだ。

そうやって、あのときもびくびくしながら一日中お沙汰を待ったのだが、不思議なことにまったく身体に変調は現われなかった。

その件で二つのことを家族に呆れられた。

一つは「一体どういう胃をしてるのかね」ということである。「鶏の餌を食って育ったからだろ」と、兄が言った。確かに父の小説には、私に関してそういう記述がある。

もう一つは「一体どういう舌をしているのかね」ということだった。

「味が変わってただろうに」

そう言われてみれば、いつものように美味しくはなかった。しかし、私はそれを調理の失敗と思っていたのだ。

大体からして、私には味がわからない。

豚丼と牛丼、アボカドとトロ、白ワインと赤ワイン、目隠しテストされたらどちらがどちらかきっと区別がつかない。

こういう私だから、「違いのわかる人」には、無条件にひれ伏してしまう。

先日、そういった奇跡の人に会った。ソムリエ界のオリンピックといわれる「世界最優秀ソムリエコンクール」で見事優勝した田崎真也《たさきしんや》さんである。

以前そのコンクールの模様をテレビでチラリと見たことがある。田崎さんはそこで、一杯のワインから、「ハシバミの香り……、暑い地方で造られている……、オーストラリアのシャルドネで、九〇年産」と、シャーロック・ホームズよろしくピタリピタリと推理していった。わずかにヴィンテージが一年違うだけだった。

世界に何千種類もあるワインの中から、人間の目と、鼻と、舌だけで、たった一つを特定する。私はひっくり返るほど驚いた。世の中にはなんてすごい人がいるんだろう。

「私は、違いのまったくわからない女で、それが悩みの種なんですけど」

と、自己紹介がてら、おずおずと打ち明けると、世界一は、「そんな人いないから大丈夫ですよ」と心強く請け合って、「違いのわかる」方策を施してくださった。いわく、舌だけではなくて鼻でも味わうこと。普段から嗅覚《きゅうかく》を意識して、食べたり飲んだりすること。

以来、大先生から教わった通り、「飲んだあとに、口から空気を吸って鼻から出す」、つまり「鼻腔《びこう》で香りを感じる」ための涙ぐましいばかりの努力を続けているのだが、いっこうに味覚、嗅覚が研ぎ澄まされたようには思われない。相変わらず、ワインは最初の一杯が「美味しく」、二杯目からもずっと「美味しい」ままである。

この「違い」がわからないというのは、悲劇である。なんとなれば、世の中の最高の喜びは、どうも「違い」によって生まれるらしいからである。

素晴らしい耳を持っている知り合いがいる。言葉を喋る前からピアノの英才教育を受けていたためで、半音の半分音程が狂っていても気持ちが悪いと言う。そんな彼女にとって、街はゆがんだ不快な音の洪水らしい。喫茶店でも、駅のホームでも、ホテルでも、堪え難い音の暴力と闘わねばならない。コンサートを聴きに行っても、「あ、はずれた」「あ、またはずれた」と心安らぐときがない。しかし、何年かに一回、一分《いちぶ》のすきもない、本当に素晴らしい楽の音を聴くことがある。そんなときは、まさしく「天上の響き」を耳にしているような幸福にひたるのだという。

ソムリエの田崎さんも、極上のワインととびきりの一皿との妙なる調和を表して、同じようなことをおっしゃっていた。

短調と長調の、そして豚肉と牛肉の区別もつかない私が、「天上の響き」を聴くことはまず永遠にないだろう。

しかし、凡人には凡人の幸せもあるのだと自らを懸命に慰める。

そうだ、きっと幸福の持ち分はみんな一定なのだ。「天上の響き」に陶酔することはできなくても、私には「下界の雑音」をそれなりに楽しむことができる。

店に鳴り響くカンツォーネと競うように大声で友人と会話しながら、生牡蠣を食し、よく冷えた安ワインに酔いしれることができるのだ。

ラ・トラヴィアータ（道を踏みはずした女）

「ムーティさま」と、私はお呼びすることにしている。ときに「愛するムーティちゃん」と、呼ぶこともある。

いけ図々《ずうずう》しく御本尊さまに向かってそう呼び掛けているわけでは、決してない。心の中での、ひそやかな呟きである。

このところ、身上《しんしょう》もつぶしかねない勢いでオペラに淫《いん》している私であるが、そのきっかけは、公《おおやけ》には「プラシド・ドミンゴ」ということになっている。ドミンゴのファンクラブにも一応、入っている。

確かに、きっかけはドミンゴだった。しかし、ドミンゴだけでここまで異常な事態が出来《しゅったい》したとは思えない。

最初にドミンゴを追い掛けてニューヨークまで行ったときには（追い回したわけではありません、彼の出演するオペラを観に行ったのです。念のため）、ヴェルディの『オテロ』しか観て来なかった。「ワーグナーもロッシーニもやっていたのに！」と、あとから本当のオペラ・ファンにさんざん罵倒されたが、そのときはそうもったいないことをしたとも思わなかった。

今なら、思う。切実にそう思う。十日間もニューヨークにいて、たった二回しかMET（メトロポリタン歌劇場）に行かなかったなんて、信じられない！

そう思うようになったのは、二回目の「追っ掛け」ツアーからである。

二回目に行ったのはヨーロッパだった。今度は一人旅ではなく、ファンクラブの面々と一緒で、オペラ鑑賞のプログラムはあらかじめ組み込まれていた。モデナ、ミラノ、ウィーンとそれぞれの街でオペラを観て回る。もちろん、ドミンゴ出演のオペラがメインであるが、ドミンゴばかりというわけではない。

ミラノのスカラ座では、レナート・ブルゾン主演の『リゴレット』を観ることになっていた。

実を言うと、私は、少々大儀に感じていた。

オペラ初心者の私には、『リゴレット』の有り難みなどまったくわからない。レナート・ブルゾンは、名前しか知らなかった。私の観たいのは、ドミンゴの芝居だった。ただただ、ドミンゴの歌が聴きたかった。ほかはどうでもよかったのである。

しかし、そのどうでもよかったはずの『リゴレット』に、私はいたく興奮させられてしまった。スカラ座の熱気に当てられてしまったのだ。

明かりが落ちる。指揮者が登場する。劇場はまだ熱くない。観客の反応は冷ややかにさえ感じられる。

しかし、いざ棒が踊りだし、オーケストラが歌い始めると、雰囲気が一変する。あらあら不思議、場内の温度がぐんぐん上がりだすのだ。観客の熱いまなざしで、ほの暗い舞台は燃えださんばかりである。私はといえば、すっかりオペラという美酒に酔い痴《し》れていた。芝居もいい。歌も魅力的である。しかし、それを超えて私をぐいぐい引っ張っていく何かが、ここにはある。一体どんな魔法だろう。

「これって、演奏が素晴らしいんじゃないんですかぁ」と、私は同行の人に確認を求めた。

「指揮は誰なんです？」

同行の人は、半ば呆れ顔、半ば憐《あわ》れむような面持ちで答えてくれた。

「リッカルド・ムーティです！」

「オペラの皇帝です！」とまでは言わなかったが、そういう響きが言外に感じられた。

そのあとウィーンに行って、国立歌劇場詣でをした。ドミンゴだけを観て、あとは観光でも買い物三昧でもよかったのだが、私は観られる限りのオペラを観た。

ミラノのあの興奮の波はなんだったのだろう。私は知りたかったのである。味わえるものなら、もう一度味わってみたかったのだ。しかし、その波はウィーンではついに押し寄せて来なかった。

何度も書いているが、私は違いのわからぬ女である。もろもろの悲劇は、みーんなそこから生まれている。指揮の違いはおろか、オーケストラの音色の違いも、有りていに言えば短調と長調の違いだってわかっているかどうか、怪しい。それよりも何よりもオペラ歴があまりにも浅い。

だから、ムーティの『リゴレット』が歴史に残る名演奏だったと断ずるなど、大それたことはしない。

しかし、思わず知らずついていきたくなるような指揮ぶりだった。劇場の水銀柱がぐんぐん昇っていくような演奏だった。私に音楽の醍醐味を味わわせてくれた。それだけは、はっきりと言える。

「皇帝」ムーティを「愛するムーティちゃん」と呼ぶようになったのは、それからである。

そして間もなく、スカラ座とともにムーティが来日した。ヴェルディの『レクイエム』を聴いて、私はまた、肌が粟立《あわだ》つほどの衝撃を受けた。彼の前では、すべてが僕《しもべ》なのである。合唱も、ソリストも、トランペットもヴァイオリンも、聴衆さえ、彼を陶然と仰ぎ見、その一挙手一投足に目を凝らす。彼はまるでコンサートホールに降り立った神のように見えた。

カリスマとはこういうことをいうのだろうか。

以来、「ムーティちゃん」は「ムーティさま」となった。

なぜ、ムーティばかりが私に魔法の棒を振るうのか。

それを知りたくて、私はオペラだけではなく、コンサートにも出向くようになった。巨匠、名匠といわれる指揮者のCDをチェックするようにもなった。しかし、悲しいかな、違いのわからぬ女の道のりは険しい。指揮の良し悪しなど判ずるには百年掛かる。ままよ、しばらく自分を音楽漬けにしてみようと、『N響アワー』の司会を担当することにした。

おかげで私は、ドラマ部の人間に、音楽番組に身を売った女優、「トラヴィアータ（道を踏みはずした女）」などと陰口をたたかれている。

なんとか御本尊さまに責任を取っていただきたいというのが、今の私の願いである。

誰にも言えなかった恋

「一途《いちず》な思いは必ず通じる」と、ある人から聞いた。その言葉に長いことすがっていた。幾度となく失恋しても、そう深い痛手は負わなかった。「一途」ではなかったからである。本当の恋をするとき、その思いはきっと叶《かな》うのだ。そう考えることでひそかに自分を慰めることができたからである。

しかし、現実はいつも私に優しくない。

満を持して、ある人に「一途な思い」をぶつけてみたが、反応ははかばかしくなかった。

キラキラと恋に輝く瞳で話をしたが、相手はあくびをした。

「会いたい」と言われれば、飛ぶようにして会いに行ったが、ときどき待ちぼうけを食わされた。

毎晩、電話を抱くようにして眠ったが、電話は滅多にかかってこなかった。

ある夜、思い余ってこちらから電話してみた。

相手は、酩酊《めいてい》の様子だった。珍しく私に愚痴などこぼした。二人の間が少し近づいたような気がして、私は嬉しかった。

ふっと、会話がとぎれた。眠ってしまったのだろうか。そっと相手の名前を呼んでみた。

「ヤスコ、ヤスコ、ヤスコ……」、彼は知らない女の名で応えた。

私は、静かに受話器を置いた。

よろしい。恋は終わった。

私は大声をあげて泣きたかった。しかし、泣く場所を持っていなかった。誰にも知られずに始まった恋は、誰にも知られることなく葬り去らねばならない。やり場のない悲しみが、胸に重く澱《よど》んでいた。

翌日、絶好のはけ口があることに気がついた。ドラマの中で泣けばいいのである。その日は、子供を亡くして涙にくれるシーンのロケがある。ここで、思う存分泣こう。

鄙びたお寺の一隅に、小さな土饅頭《どまんじゆう》がこしらえてあった。ぽつんと寂しい情景を狙って、カメラは遠くに据えられた。私と夫役の役者さんだけが、土饅頭の前に残る。マイクが物陰に仕込まれ、スタッフはみんなカメラの後ろに回った。

静かだった。サワサワと渡る風の音と、遠くで鳴く蟬《せみ》の声以外、何も聞こえない。私は土饅頭のもとにしゃがみ込んで、早速泣き始めた。あとからあとから涙が出てくる。あんなに好きだったのに。あんなに一途だったのに。涙が嗚咽《おえつ》に変わる。嗚咽が慟哭《どうこく》に変わる。

そのときである。私の身体の一部、感情とまったく関係のないところから、「ブッ！」という、空気の炸裂する音がした。

たちまちNGを告げるブザーが鳴り響いた。

「すみませーん、雑音が入りました。NGでーす！」

帰りの電車で、私は泣いていた。私はとびきり不幸だった。

「女優は不幸な方がいいのよ」と言ったのは、小川真由美さんだったように思う。しかしそのときの私が「いい女優」であったとは、どうしても思えない。

いと

①たいへん・きわめて・ほんとに。「いづかたへかまかりぬる。いとをかしう、やうやうなりつるものを」（源氏・若紫）。②（否定文のなかで）あまり・たいしての意。

かなし

①かわいい。②ありがたい。「母の恩のかなしく、乳房の恋しさになむ」（宇津保・俊蔭）。③素敵だ。④悲しい（自分について）。現代語の「かなしい」の意。⑤気の毒だ。

第六章　父・檀一雄とのいとかなしな別れ

「かなし」とは「かなし」き言葉である。

【かなし】①かわいい。②ありがたい。③素敵だ。趣深い。④悲しい。⑤気の毒だ。かわいそうだ。

悲しいも、哀しいも、愛しいも、全部「かなし」で、強い感情の動きをあらわすという。きっと、「涙」とも密接な関係があるに違いない。

私の父に、『子守歌』というエッセイがある。私がデビューして間もない頃に書かれたものだが、「歌詞はうろ覚えだけれども」と、ドヴォルザークの『母の教え給《たま》いし歌』を引き合いにして、娘に人生を語っている。

「『私のちっちゃい日。母が涙しながら、私の枕もとで、歌ってくれた歌が、忘れられません。今、私も母となって、わが子の枕もとで歌いながら、やっぱり、涙がとまりません』

このようにして、涙し、歌い、死に……、涙し、歌い、死に……、人間のつづくかぎり、何千年と繰り返されてゆくわけで、その悲しみはただに、女に限らない」

「その悲しみによっても、そのおそれによっても、そのよろこびによっても、人間の心は、向上することが出来る……（略）……深い心の持主は、ほとんど、例外なしに、辛い、おそろしい日々の、積み重ねの中に、自分自身の心の持ちようを、見つけだすものだ」

どうやら、「幸福な家庭」「いい夫」といった、「ノベダラ式の幸せ」に期待するなと、父は言いたかったらしい。

「お前達の前途が、どうぞ、多難でありますように……」

と、また別のエッセイでも、書いている。

「多難であればあるほど、実りは大きい」

この世界に私を放り込んだのは、父である。女優の道を歩んだがために、私の人生が「多難になった」などとはちっとも思わないが、いわゆる「オンナの幸せ」コースからは大分はずれてしまったかもしれない。

母が涙しながら歌った歌を、私には教えてやれる子供がいない。

しかし考えてみれば、母の涙はほとんど父が原因だった。何しろ父は、元祖「火宅の人」だったのだから。

すると、私は父の勧めにしたがって女優になったことによって、危うく「難を避けた」のかもしれない。

いやはや、父の愛は「かなし」。

父と歩く

鯨の町、太地。

大抵の人が、この地名を読めない。「タイチ」と言ったり、「ダイチ」と言ったりする。正しくは「タイジ」。私など、小学生の頃からちゃあんと知っていた。

というのも、太地はすぐ上の兄が父に連れられて旅行した町として、強烈に印象づけられていたからである。父が兄と二人で旅をしたのは、後にも先にもそれっきりだった。父はなぜ兄を連れて太地に行ったのだろう。

「何しに行ったの？」と、兄に訊いてみる。

「なんだったんだろうなァ。ぜんぜん覚えてないヤ」と、兄ははなはだ頼りない。太地の浜の美しさだけが、今でも鮮明にまぶたの裏に焼きついているという。

その、太地を歩く。

勝浦《かつうら》には行った。那智の滝も見た。

しかし、太地の町に足を踏み入れるのは、これが初めてである。

初めての町を訪ねるとき、私はまず高いところを探す。高いところから見下ろして、町全体の雰囲気をつかむ。

　太地にも港を見下ろすようなところがあるはずだ。その昔、鯨組があった頃には、岬に見張りがいて、鯨を発見すると狼煙《のろし》や旗やほら貝で、港に控える船に合図を送ったというもの。とにかく岬に向かおうと、車を走らせた。どちらが岬という標示はない。ただなんとなく高い方向を目指している。

　そこここで、「落合博満《おちあいひろみつ》野球記念館」の看板に出会う。そういえば太地はこの頃、鯨の名どころというよりも、落合記念館で名を馳《は》せている。

　真相のほどは知らないが、落合夫人がここを旅して一ぺんで気に入ってしまい、三度の三冠王に輝く偉大な夫、落合博満の記念館を作ろうと、絶景の地を買い取ったのだという。落合選手自身は、この地とは縁もゆかりもないらしい。

　家々が気持ちよさそうに日向《ひなた》ぼっこしている。山茶花《さざんか》の紅《あか》い花びらが、埃っぽい道に彩りを添えるように散らばっている。落合夫人がここを見初《みそ》めたのは、きっと今頃ではないかと、ふっと思った。空はどこまでも青く、海はさらに青く、波はきらめき、陽の恵みは有り難い。南紀は、日本の日だまりなのだ。

　しかし、私の目指すのは落合記念館ではない。看板の指し示す方向に逆らうように、左に折れる。崖沿いの細い道。藪の向こうに、切れ切れに海が光る。洗濯物が陽を浴びて白く輝く。決して豪邸とはいえない家を、羨ましく思う。あの二階の窓には、どんなに美しい絵が映っているのだろう。

行き止まりまで辿り着くと、さらに羨ましいものがあった。

太地中学校。

なにしろ、目の前が灯明崎《とうみょうざき》なのである。思春期の夢や希望や悲しみを、この上なく美しい海が包み込む。この学校の生徒たちは、自分たちの幸せをキチンとわかっているのだろうか。

授業中なのだ、あたりに生徒たちの影はない。用務員さんが、校門に続く前庭を竹箒《たけぼうき》で丁寧に掃いている。生徒たちの様子を訊きたくて、「すみませーん」と、声を掛けてみた。

すると、一見して私を旅人と見定めたのだろう、まったく意外な言葉が返ってきた。

「鯨が出とるよ。朝からこれで二回目。行ってみなさい。まだ間に合う」

生徒の幸せどころではなくなった。

鯨が出るのは、年に数回あるかないかだという。二、三日前に揚がったばかりと聞いていたので、そんな場面に遭遇するのはてんからあきらめていたのだ。

灯明崎の突端に向かって、走る、走る。

この突端に、「山見台跡《やまみだいあと》」がある。

山見とは、鯨の見張り場のことである。江戸時代、ここに見張り役が詰め、黒潮に乗ってやってくる鯨を待った。鯨が出ると、狼煙を焚く。その狼煙を合図に、数艘《すうそう》の勢子船《せこぶね》が鯨を追いに出る。山見の仕事はさらに続く。勢子船の追い込み具合を見て、次なる指示を網船《あみぶね》に出すのだ。山見は、いわば捕鯨の司令塔であった。

今はもちろん山見などない。狼煙も焚かないし、旗も振らない。無線がその代わりをつとめる。

息せき切って、人けのない山見跡に駆けつけた。眼下に熊野灘《くまのなだ》が大きく広がっている。

二十艘ほどの船が、前になり後ろになりして海を駆けている。その前に波のうねりがある。鯨だ。スイと方向転換をすれば、難なく逃げられそうなものなのに、追われるままにまっすぐ陸に向かって泳いでいる。十頭、いや、二十頭はいるだろうか。

どこへ追い込むのだろうか。

また走って中学校に戻る。

「どこに追い込むんですかーッ⁉」

「くじら浜」だという。「くじら浜」がどこだかハッキリとは知らなかったが、とにかく浜に向かって急いで下る。

大体の見当はついていた。朝、車で太地に入ったとき、いくつか美しい入江を通り過ぎた。あんなところで泳いだらどんなにいいだろう。甥や姪を連れてきたらどんなにか喜ぶだろう。

そう思って、記憶にとどめておいたところがある。あのあたりに違いない。

思った通りだった。甥姪を遊ばせたいと思った、その浜がまさしく「くじら浜」だった。深く切れ込んだ入江の端と端に、漁師たちが網を渡している。

網に囲われるようにして、一回目の漁で追い込まれた鯨が泳ぎ回っている。こぶりのゴンドウクジラである。群れをなし、シュッと潮を吹いたり、ピーピー鳴いたりしている。

（不安そうだ……）と思った。

それが魚だったら、「不安そう」などというセンチメンタルな感情は抱かないだろう。鯨だからきっとそう思うのだ。感情移入できる表情を、彼らは確かに持っている。

私の父は、捕鯨船に乗って南氷洋に行ったことがある。捕鯨の現場を取材するためである。鯨が捕らえられる様子を見て、父は母に手紙を書いた。

瀕死《ひんし》の鯨が最期の吼《ほ》え声をあげたとき、遠くにその家族と思《おぼ》しき鯨が現われたという。そして世にも悲しく鳴いて応えたという。「だからというわけではありませんが」と父は、その後に、自分に万が一のことがあった場合の遺言をしたためていた。

私は「くじら浜」を離れることにした。これ以上鯨の様子を見ていたら、グリーンピースよろしく、網を切って鯨を逃がしてやりたくなってしまうかもしれない。いや、もうとっくにそんな気持ちになっている。

ゆっくりと太地の町を歩く。

捕鯨の祖といわれる和田忠兵衛頼元《わだちゅうべえよりもと》の墓を探す。

「どう云《い》うわけかわからないが、私は太地の町が大層好きである」と、父はある紀行文に書いている。

「南氷洋に出かけていった時に、船団の乗組員に大勢太地の人が乗り組んでいた馴染もあろう。もともと私が柳川《やながわ》の沖端《おきのはた》と云う漁村の出身だから、漁師の気風に心安いせいもあろう。太地の町の家並のありようも好きだが、灯明岬から梶取《かんどり》岬を経て、継子投《ままこなげ》に至る、豪宕広闊《ごうとうこうかつ》の大地の模様がたまらなく好きなのである。あすこに掘立小屋を造って、一日海を眺めていたら、どんなに愉快だろうかと思う」

父が小屋を建てたいと思ったのは、私が羨ましいと思った、あの小さな家のあたりかもしれない。こんなところで遊ばせたいと思って、小さな兄を「くじら浜」に連れて行ったのかもしれない。

父が見たものを、私も見る。父が歩いた道を、私も歩く。

太地はきっと、父の頃とそんなに変わっていないだろう。

変わらずにあることが、今のこの国では何よりも有り難い。

月の輝く夜に

ある英会話の本に、「基本的なマナー」としてこんな注意が記してあった。

「日本人はすぐに相手の年を知りたがりますが、これは失礼です」「独身かどうかなどというプライベートな話題も、よっぽど親しい間柄でない限り避けた方が無難です」

しかし、どうだろう。

ロサンジェルスに来てみると、会う人、会う人が、その「基本的なマナー」を無視する。

「結婚してるの？」と訊くから「してない」と言うと、「したことはあるの？」「どうして？」「恋人は？」と、矢継ぎ早に問いかけられる。一体、アメリカのプライバシーはどうなっちゃってるのだろう。

ある女性からは、「ニッポンのオトコはみんな威張っているから、イヤなんでしょう？」と、決めつけられた。「フミはアメリカ人と結婚すればいいのよ」

咄嗟《とっさ》に、私のヘソが曲がった。

「ウウン、アメリカ人とは無理だと思う」

「どうして？」と、アメリカ女性はまなじりを決して詰め寄ってくる。

「月……」と、私は苦しまぎれに言った。

「月を語れないもの、アメリカ人とは……」

「今夜は月がきれいよ、ホラ、見てごらんなさい」

小さい頃から何度となく、そう言う母の声を聞いてきた。

「願はくは花の下にて春死なむ
　そのきさらぎの望月のころ」

重い病を得た父はこの歌を思い出し、病室の窓の外に月を捜した。

私にとって「月」は、かぐや姫の故郷である。母の声である。父の無念である。

この話には、非常に説得力があったらしい。

「そうね、アメリカ人とだったら、『月よ』『ああ、月だ』で、話はおしまいだものね」

しかし、実のところ、私はアメリカ男を憎からずと思っているのである。「月」に関して、彼らはそんなに絶望的なのだろうか。

「決まってるよ。そういうロマンがないからこそ、ロケットだって飛ばせるんだよ」と、口さがない日本の男は言う。

「でも、アメリカの手帳に、満月の日が印刷されてるのがあったわよ。アメリカ人にとっても、十五夜は特別な日なんじゃないの？」

「ウン。犯罪の発生率がグンと上がるから、気をつけないとネ」

そういえば『ムーンストラック』という映画があった。直訳すれば、「月当たり」というふうになるのだろうか。恋に落ちてわけがわからなくなった状態のことをいうらしい。昔、狂気は月の影響と考えられていたのである。

もちろん日本では、『月の輝く夜に』というロマンチックな題名にすり替わっていた。

ロスの満月は見事だった。

あの世の家族も、この世の家族も、みんな集めて、この月をウットリ眺め合えたら、どんなに幸せだろうと、つくづく思った。

満月と相前後して、カリフォルニアの各地で大きな山火事が起こった。半分は天災、半分は放火ということであった。

サウンド・オブ・ミュージック

ザルツブルクを訪れるのは二度目だった。

バスに揺られながら、初めて行ったときの記憶を辿り寄せてみる。

ミラベル宮殿を彩る薔薇の花の見事さ、モーツァルトの生家の前でバッタリと出会った旧い友達。街角のカフェで飲んだメランジェ。

断片的に鮮やかに蘇《よみがえ》ってくる情景はあるのだが、誰と行ったのか、どこに泊まったのか、何をしに行ったのか、そういう基本的なことがどうしても思い出せない。

なんとも情けなかった。

絶対に忘れないと思うような強烈な体験も、人はいつか忘れしまう。慌ただしい駆け足の旅ではなおさらなのだ。さっき出てきたばかりのホテルの絨毯の色を、壁紙の模様を、私はもう覚えていないではないか。

ザルツブルクが「いいよ」と言ったのは、私の父だった。

今から二十年ほど前、私は父の枕辺にいた。父は重い病で臥《ふ》せっており、余命がいくばくもないことを私は知らされていた。

私は父と話したかった。

看護婦さんのあだ名や病院の食事のまずさ、そんなとりとめのないことばかりではなく、もっと大事なこと、父と娘が今まで決して話さなかったことを話したかった。

しかし、父には病名が告げられていなかった。父は、自分に残された日々の、思いがけない短さを知らなかった。

不用意な問いで父に辛い事実を気取《けど》られてはと、私は怖かった。だから、私たちはあたりさわりのない会話を続けるしかなかった。

それでもたった一度だけ、父に尋ねたことがある。

「今まで旅行した中で、どこが一番よかった？」

しばらくの沈黙の後に父が答えた。

「そうねえ、ザルツブルクなんかよかったなあ」

それ以上の話を私たちはしていない。

ザルツブルクのどこがどういいのか、それは私の人生の宿題となった。

バスがザルツカンマーグートに入った。

一瞬、霧が晴れて、湖がきらめき、雪化粧をした山並みが現われる。『サウンド・オブ・

ミュージック』のテープが流れ始めた。懐かしいジュリー・アンドリュースの歌声が聞こえてくる。

「はい、左をごらんください」と、元気なガイドさんが湖の方を指差した。

「ここはモントゼー。マリアとトラップ大佐が盛大な結婚式を挙げたのは、あの二本の塔のある教会です」

もちろん、映画『サウンド・オブ・ミュージック』の話である。

音楽とともに物語をいっそう美しくしたのが、古いザルツブルクの街並みと、ザルツカンマーグートの溜め息の出るような自然だった。

私も大好きな映画で、少女時代に何度も観ては涙したものだったが、その舞台が父の好きなザルツブルクだと知ったのは、父が亡くなって数年たってからではなかったかと思う。

父が「いい」と言ったのは、ザルツカンマーグートの美しい自然だろうか、それともモーツァルトやカラヤンを産んだ、ザルツブルクの古いたたずまいだろうか。

次々と『サウンド・オブ・ミュージック』のナンバーが流れる。『エーデルワイス』『私のお気に入り』『ドレミの歌』……。この曲を初めて聴いたのは私が英語を習い始めたばかりのときだった。大して意味もわからなかったが、兄が買ってきたLPを繰り返し聴いて覚えた。今でもメロディーを耳にすれば、自然に歌詞が出てくる。

テープと一緒に口ずさむ。

「私は十六歳、もうすぐ十七歳……」

この歌を覚えたときは、十六という年さえ、はるか先に、バラ色のもやの向こうにあるように思えたものである。

ウィーンからの四時間の旅を終え、ようやくザルツブルクに着いた。

バスを降りて、痛む腰を伸ばす。

前はどこからこの街に入ったのだろう。ウィーンからではなかったはずだ。四時間も車に乗れば身体が覚えている。

地図を広げて、ザルツブルクの位置を確認してみた。三十キロほど行ったところには、ドイツのケーニッヒ湖がある。

ふいに記憶が蘇った。そうだ、私はテレビの取材でケーニッヒ湖に行ったのだった。仕事を終えた後に、近くだからとザルツブルクまで足を延ばしたのではなかったか。

ふと、おかしなことに気づいた。

『サウンド・オブ・ミュージック』は、トラップ大佐一家が、ナチに席巻されてしまったオーストリアを逃れ、山越えをしてスイスに向かうところで終わっている。しかし、地図を見る限りでは、ザルツブルクから山を越えると、ヒトラーの待つドイツに入ることになる。

「ハイ、その通りです」と、ガイドさんが言った。

「南に行っても、怖いですよ。ムッソリーニのいるイタリアです。だから、この街の人はあまりあの映画が好きじゃありませんね」

「サウンド・オブ・ミュージック・ツアー」というのもあるらしいが、参加者はほとんどアメリカ人と日本人だという。

私たちも映画の舞台となった要所、要所を回る。もともと見どころを選んでロケしているので、名所を歩いて行けばすなわち「サウンド・オブ・ミュージック・ツアー」となる。もちろん、モーツァルトの生家も見る。食事をする。写真も撮る。お土産も買う。時間が限られているので、すべてが駆け足になる。

三時間のザルツブルク滞在を終え、再び四時間かけての帰途についた。

バスの中では、誰もが疲れ切ってグッタリと寝ている。遠くに揺れるウィーンの灯《ひ》を見つめながら、私は考えた。

こんな旅を続けていたら、永遠にザルツブルクの魅力へは辿り着けないかもしれない。

墓碑銘

父の自慢は、自分の墓碑を夢で見たことだった。

石ノ上ニ雪ヲ
雪ノ上ニ月ヲ
ヤガテ　ワガ　コトモナキ
シジマノ中ノ憩イ哉

今、父の墓には、夢に現われたという文句がそのまま刻まれている。

しかし、九州にある墓が戴《いただ》いているのは、大抵、雪ではなく、強烈な太陽光線である。泉下の人は、「シジマ」に憩うよりも、「墓にしみいる蟬の声」に、脂汗を流していることの方が多いのではなかろうか。

テレビ番組で偉人の足跡を辿るとき、墓はつきものである。人が変わり、ところも変わり、番組が違えど、撮影隊は判で押したように、墓にもうでる。これは日本の撮影隊の習性といってもいい。

だが、『パルムの僧院』のスタンダールにまつわる土地を訪ねて北イタリアを巡ったときには、墓に連れて行ってもらえなかった。私が「是非、お墓も撮って」と懇願したにもかかわらず、お墓の撮影もなされなかった。

これは習性に挑むスタッフの創意というよりも、単純に予算の問題だったと思う。スタンダールが、「ミラネーゼ（ミラノの人）」と言った自身の言葉に殉じて、ミラノ近辺に骨を埋めてくれていたら、撮影隊は万難を排してでも、その墓にぬかずいたに違いない。残念ながら、スタンダールの墓は、遠く離れたパリにあったのだ。

「生きた、書いた、愛した」という有名な文句が、その墓石には刻まれている。

なんという素晴らしい人生だろう。思い切り生き、天から与えられた仕事をし、恐れずためらわずに愛する。そして、死後もその言葉とともにある。

そんな人生を送りたいと、二十年近くも思い続けているが、私はこの世にあっても「コトモナキシジマノ中」に漂っているばかりで、情けない。

囲炉裏《いろり》端の父

パタパタと、子供部屋に向かってくる母のスリッパの音が聞こえる。

布団の中でまるくなりながら、身体中にピーンと緊張の糸が張るような気がした。

父だ。父が帰ってきたのだ。

真夜中に子供たちを叩き起こし、食堂に集めてお説教を垂れるのは、父の年中行事のようなものだった。年中行事だから慣れっこになっているかというとそういうわけでもなく、意気地なしだった私は、深夜、家の前に車が止まり、いつもより荒い父の声が聞こえてくると、息をひそめながら、嵐がこれ以上ひどくならないことをただひたすら祈るのだった。

けれども、その夜の嵐は、いつもとちょっと様子が違っていた。呼ばれたのは私だけで、場所も食堂ではなく、奥の書斎なのである。

書斎の一隅には炉が切ってあった。

父はその炉端に座って、険しい顔で煙管《きせる》をくわえていた。

あのとき、父はどんなふうに口を開いたのだろう。さっぱり覚えていない。

しかし、子供を叱るときの口ぶりは、いつも決まって、丁寧で早口で断固としていたから、その夜も、うむを言わさぬきっぱりとした切り口上で、私を震え上がらせたに違いない。

一つだけ、鮮明に記憶していることがある。私が泣きながら庭に出て、囲炉裏の灰を捨て、新しい灰を作ったということである。

物置の隅から引っぱり出してきたムシロに火をつける。一瞬、メラメラと力強い炎が立ち上がり、闇を照らす。しかし、次の瞬間には、ガッカリするほど小さな燃え殻となって、そのわずかに赤い残り火が、私の涙の中で、チロチロと頼りなく瞬《また》くのだった。

父が何にそんなに腹を立てたのかという答えは、父の手によって、きちんと書き遺されている。『家出のすすめ』というエッセイである。

「久しぶりに家に帰り、わが家を見まわしてみたら、自分の書斎がどこにもない。ないのが道理で、居ないオヤジの書斎（というより酒の部屋）をムダに遊ばせておくよりも、使ったほうがいいだろうというわけで、娘達の占領するところとなっていた。……（中略）……

娘達が、私の留守書斎に入りこむと一緒に、ポチも移動してきたらしく、ポチは遂に、日本一の便所を発見したのである。

私の囲炉裏だ」

そして、娘の猫に、自分の大切な囲炉裏を便所にされてしまった、オヤジの怨《うら》みつらみが哀れっぽく書き綴られ、とうとうたまらず、

「やっぱり、みんな、家出をしてくれ！」

と叫ぶのだが、母に冷たく、

「仕方がないから、やっぱり、あなたが家出をしてくださいよ」

と言われてしまう物語となっていた。

傍若無人なのはひとえに娘の方で、可哀想《かわいそう》なのは父、私が真夜中にパジャマのまま表に出て、ふるえながら囲炉裏の灰を取り替えたことになど、これっぽちもふれておらず、物書きとは、なんて身勝手でいい加減な生き物なんだろうと、当時は、相当に憤慨したものだった。

そんな、少女の頃の一コマを、ふと懐かしく思い出した。母が、能古島《のこのしま》時代の父の話をしてくれたからである。

にわかな身体の衰えを感じてから、父は東京を離れ、母と二人、九州の能古島で暮らし始めた。

寒がりの父の傍らにはいつも火鉢があり、父は火鉢の世話係でもあった。几帳面《きちょうめん》で器用なところのあった父は、炭を熾《おこ》すのも、灰を掻くのも、母よりはるかに上手《うま》くやってのけた。

夜、床に就く前に、火鉢の中の炭を綺麗に整え、その上に慎重に灰をかぶせて、灰ならしで丁寧にならしてゆく。灰の加減によって、炭は、消えてしまったり、燃え尽きてしまったりする。

翌朝、金火箸でそっと灰をよけると、純白の灰の中から、真っ赤な燠《おき》が現われる。

その瞬間、父は、まるで生命《いのち》の火でも見るような敬虔《けいけん》な表情をしていたと、母は言う。

それから一年もたたぬうちに、父自身の生命の火は尽きた。

泣きながら灰を始末していた少女には、自分の居場所をひたひたと侵されていく、父親の憂さなど、思いも及ばぬことだった。

父が亡くなって、はや四半世紀が過ぎた。

囲炉裏も、とうにない。

能古島の別れ

能古島は、春だった。

海の青、草の緑、菜の花の黄、桜のピンク、まさしく匂い立つような春だった。

「いいところねぇ……」と、私が心から言うと、父は満足そうに頷いた。

「終《つい》の住処《すみか》」と言って、父が能古島に居を構えたのは、その前の年の夏のことである。

私はひそかに憤っていた。

ポルトガルから一年半ぶりに帰国したと思ったら、「東京は自分の身体に合わない」と、再び家族をほっぽって島に移り住み、すっかり隠者気取りである。

「ふん、行ってやるもんか」

と、若い傲岸《ごうがん》さで思っていた。

そんな気持ちが動いたのは、

「ネピアを連れてきてあげてください」と、父から電話で頼まれたからである。

ネピアさんとは、父とは旧いつき合いのアメリカ人。もの静かで優しく賢い女性で私も大好きだった。福岡空港から姪浜《めいのはま》へはタクシーで、そこからフェリーで十分、たいして複雑な道のりではないが、一人より二人の方が心強いだろう……。

父の家は、丘の中腹にあった。海の向こうに博多《はかた》の街が見える。夜になると街の灯がチラチラと瞬いて、とても綺麗なのだと、父が自慢した。

父は上機嫌だった。「大丈夫ですか。疲れませんか」と、たびたび母が気遣っていたが、少し息を切らせながら、お気に入りの桜を案内して、島中を歩き回った。

丘の中腹にポツンと赤い屋根の父の家は、海の上からもよく見える。帰りのフェリーで、「ほら、あそこ」と、ネピアさんと確かめ合っていたら、ふと、家の脇で白いものが揺れているのに気がついた。父と母がハンカチを振って、私たちを見送ってくれているのだ。

両親の姿はみるみる小さくなっていった。しかし白い影はいつまでも揺れている。

潮風の中で、ネピアさんがそっと涙ぐんでいた。私まで、ジワリと胸が熱くなってきた。

結局、私が父のいる能古島を訪《おとな》ったのは、それが最初で最後となった。父は、間もなく福岡の病院に入院し、そのまま帰らぬ人となってしまった。

亡くなるまでの六カ月間、私たちは父を病院にとらえて、濃密な別れの日々を送ったと言っていい。

しかし、今、船に向かって静かに手を振っていた父の姿を思い浮かべるとき、本当の別れは、あの春の日にあったような気ばかりする。

千分の一のふみ……おわりに

小西甚一《こにしじんいち》先生の『古文研究法』に、感謝している。

三十年近くも、私の本棚の片隅にいて、辛抱強く出番を待っていてくれたからである。

もちろん受験勉強のために買った参考書であるが、受験勉強に使われたことは一度もない。

私が受けた大学の試験科目に、古文は入っていなかったのである。そんな必要もないものを、なぜぐずぐずと処分せずにいたのか。いつか役に立つ日が来ると、かたく信じていたからである。

そしてホントに、今日、その日が来た。人間は辛抱だ。受験参考書も辛抱なのである。

……とすると、ひょっとして、いまだに本棚でホコリをかぶったままでいる、『大学への数学』も『試験にでる英単語』も『チャート式日本史』も、いずれ日の目を見るときがやってくるのかもしれない。あと三十年ほど、捨てずにいてみよう。

というわけで、今回はずいぶんと『古文研究法』のお世話になった。

「あやし」「あさまし」「ゆかし」、日本語はなんとたくさんの表情を持っていたのだろう。こんなに「をかし」なことを、なぜ高校時代は「あいなし」とか「うし」と思ったのだろう。ちなみに【あいなし】は「①嬉しくない②面白くない③気にくわない」、【うし】は「①辛い②いやだ③憎らしい④無情な」。ほらね、どんどん勉強になるでしょ。

学生時代から遠ざかれば遠ざかるほど勉強が好きになるのは、皮肉なことである。勉強は「ためる」こと、いま私がしなくてはならないのは「出す」ことなのに。

学校の勉強も足りなかったが、人生の勉強はもっと足りていない。

足りていないからかもしれないが、実を言うと私は、自分と同類の小式部内侍の、「まだふみもみず」より、恋に始まり恋に終わった一生を送った、お母さんの和泉式部の歌の方にずっと心惹かれる。

あらざらんこの世のほかの思ひ出に
いまひとたびの逢ふこともがな

こういうまっすぐに胸に響いてくる歌を目にするたびに、どうして私は、父の「火宅の人」の情熱を、その万分の一でも受け継いでこなかったのだろうと、情けなく思う。

父はまた、「天然の旅情」のおもむくままに、旅に明け暮れた人生を送った人でもあった。

しかし、その娘である私には、「旅なんて、面倒くさい」、「旅なんて、疲れる」。私はドメスティックなオンナなのだ。知らないところに行って、慣れない枕で眠るより、ウチでゴロゴロしながら本でも読んでいる方が、よっぽど幸せで、よっぽど落ち着ける。

ところが、この本を作るために、今まであちこちに書き散らしていたものを読み返してみて、驚いた。そのほとんどが、ウチでゴロゴロしながら考えたことではなくて、旅先で遭遇したこと、旅先で感じたことなのである。

どうやら私も、千分の一ほどの「旅情」は持ち合わせていたらしい。

だが、「千分の一」の発露も、このお二人のお力なしには可能ではなかった。

装幀の南伸坊さん、幻冬舎の工藤早春さんにも、深く感謝している。

ひかりのどけき春の日に　　　　　檀　ふみ

文庫本のためのあとがき

先日、急に父のポルトガル時代の写真が必要になった。手もとに適当なものがなかったので父の友人に相談してみたところ、「久しぶりにみなさんにお会いしたいので」と、わざわざ大きなアルバムを抱えて我が家を訪ねてくださった。

もう三十年以上も前の旅行のアルバムである。

「よく、すぐに見つかりましたね。きちんと整理してらっしゃるんですね」

整理が悪い私たちとは大違いである。父と過ごしたポルトガルでの一カ月半を、本当に大事に思っていらっしゃることが、そのアルバムの端々からにじみ出ていた。

もうひとつ、小さなアルバムもお持ちだった。セピア色の古い集合写真もあれば、ご家族で撮ったもの、中には父と一緒に写ったものもあって、几帳面なそのかたにしては、無秩序に並べられているような気がする。

「ああ、そちらはね、私の人生のハイライトです……」

その言葉に私は胸を打たれた。なんて自分の人生を大切にしている人だろう。丁寧に生きるって、こういうことかもしれない。

かえりみて、私の人生のハイライトってなんだろう。人が死ぬときに持っていけるのは「思い出」だけである。きっといちばんの財産なのに、私は「思い出」を粗末にしていないか。あちこちに散らばっている自分の写真のことを考えると、悲しくなる。「どこどこを旅行したときの写真を」などという注文には、絶対に対応できない。作ろう作りたいと思いつつ、旅のアルバムなど、作ったためしがないのだ。

だが、本書を久しぶりに読み返してみて、ほんの少しだけ慰められた。

これは、形を変えた私の旅のアルバムではないかしら。人生のハイライトも、いくつか入っているのではないかしら。書いているときはつらくて苦しくて、軽はずみに原稿を引き受けた自分を何度も呪ったものだが、今になってみると、やはり記憶の鮮明なうちにもう一度旅を反芻《はんすう》できる機会を持てて本当によかったと思う。

南伸坊さん、工藤早春さんには、単行本に引き続いてお世話になった。新たに可愛いアルバムを作ってくださったこと、もう一度お礼を申し上げます。ありがとうございました。

梅雨明けを待ちながら　　　　　　　　　　檀　ふみ

解説――いとあやしきものがたりをこそ

瀬戸内寂聴

　檀ふみさんとはじめて逢《あ》った時のことを、今でも忘れていない。まだ私は有髪だった。ふみさんは中学生だったような気がする。もしかしたら高校生だったかもしれないが、何《いず》れにしろ、三十年以上は前のことである。

　私たちはNHKのラジオの仕事で、私の故郷の徳島へ一緒に出かけた。同行の他の人は忘れてしまった。ふみさんはおとなしい可愛い少女で、寸暇を惜しんで本を開き、試験勉強をしていた。

　徳島について自由時間があった時、私がどこかに案内してあげましょうかと声をかけると、つぶらな瞳を輝かせて、

「モラエスのお墓にお詣りして来いとチチに言われてきました。瀬戸内さんにお伺いしたら、きっとつれて行って下さるといいました」

と、即座に言う。私は喜んで、その場から二人で眉山の麓《ふもと》にあるお寺のモラエスのお墓にむかった。道々私は、

「ふみちゃんのお父さんは不良なのに、あなたはほんとに素直な勉強家のお嬢ちゃんね」

と、感じたことをそのまま言った。ふみさんは落着いた静かな口調で、歩調を変えず、

「チチは不良でしょうか？」

と訊いた。私はドギマギして、

「小説家はみんな不良よ。檀一雄さんは秀れた小説家だから不良なの」

自分でもいかにもあわてた口調でしどろもどろに言い訳した。その時のふみさんの質問の声の調子が、あまりに素直で、心から不思議そうな無邪気さをたたえていたのが、四十年近くたった今でも、ありありと耳によみがえってくる。

檀一雄さんは、火宅の人というイメージで生前から人々に強烈に印象づけられている作家だったので、私はその娘さんのふみさんも、当然そういう父親として認識していると単純に思いこんでいたのが失敗の源であった。私の目を見つめて質問したふみさんの無垢な光りに気圧《けお》されて、私はその後、三時間ばかりを、今思い出してもこっけいなほど、全身全霊を傾

けてサーヴィスにこれ勤めたのであった。

モラエスはポルトガル人で、神戸の領事だった時、徳島出身のおよねという芸者と知り会い、彼女と結婚して、およねの故郷の徳島に移り住み、徳島に骨を埋めた異邦人である。

およねに徳島で先だたれた後、およねの姪の小春を後添えにして、小春にも先だたれてしまった。それでも徳島を去らず、孤独な晩年を送った。ラフカディオ・ハーンのように文筆家になって、その文を故国に送っていたが、ハーンほどの文才がなかった。それでもポルトガルでは、文筆家として名を残している。

私はモラエスのことも書いているので、モラエスについては一応知識のある方であった。ふみさんにおよねと小春のことなど話し、およねは美人でやさしい女だったが、小春は大工の恋人がいたのに、モラエスと結婚させられたことで、モラエスを愛してはいなかったし、恋人とモラエスの目を盗んで密会をつづけ、不幸だったという話などしたように思う。まだ制服姿の少女にそこまで話すのはおせっかい過ぎたかも知れないが、私はあの檀さんの娘だから、それくらい話してもいいと思ったのではなかったか。

私は檀さんの私小説をほとんど読んでいたので、檀さんが家庭をかえりみず、愛人と暮しながらも、妻と子供たちを世間の普通の家庭の夫たちよりも、はるかに熱烈に深く愛していることを知っていたからであった。

檀さんの私小説は、そのため、「いとあはれでをかしくかなし」かった。

檀さんは天性の放浪の血にうながされて、ポルトガルの海辺の町に一年半ほど住みついたことがあった。そのため、モラエスにも興味を持ち、その生涯も調べていたのだろう。日本でも四国の小さな町に半生を送ったモラエスの放浪の血に、同類を感じていたのかも知れない。

私はモラエスを書くため、ポルトガルを何度か訪れているが、その度、檀さんの住んだ海辺の町を訪ねている。モラエスが異邦人として死ぬまで徳島の人間に理解されず、ヘンな外人として孤独に過したのに比べ、檀さんはたちまち、その海辺の町の人々を魅了してしまい、愛され、尊敬され、親しまれていた。檀さんの毎晩通った呑み屋には、檀さんの本や色紙が一杯飾ってあり、店主はまだ檀さんの思い出をなつかしそうに語ってくれた。住居はそのまま残っていて、その家のある通りは「ダンドーロ」と呼ばれていた。

海岸には、どっしりとした文学碑が建っていた。

その家に毎日手伝いに来ていた土地の女性の顔が、私によく似ていると書いた随筆を何かの雑誌で私は読んでいた。檀さんと私は一度だけ一つ屋根の下に五日ほど暮したことがある。ただし全く色気のない話で、新潮社の寮に、私が生れてはじめて罐詰になって仕事をした時、その二階に檀さんがもう一カ月も前から罐詰になっていたのである。顔を合わせたのは二、二度くらいで、小心で謹勉な私は外出もせず、ひたすら机に向っていたが、檀さんは夕暮ともなれば、寮を抜けだし、午前様であった。新宿あたりで、編集者と呑んでいたようだった。自分が小説家になる前から憧れていた現実の檀一雄は、実に魅力的で、セクシーな感じの男性だった。和服姿で、偉丈夫なのに、はにかんだような眼が実に柔和で優しかった。

私は一週間の予定の仕事を五日で片づけてしまって引揚げた。お別れの挨拶をしようと思ったが、その夜も檀さんは早々と抜け出していて、逢えないままであった。

それだけの縁なのに、ふみさんに瀬戸内さんにモラエスの墓へつれて行ってもらえと言ってくれたことが、私にはとても嬉しかったのだ。

檀ふみさんが、女優さんとなって成長していく姿を、私は陰ながら嬉しく、同時にはらはらしながら見守っていた。

テレビでもよく見かけるようになった時も、親類の可愛い娘を見るように、親身な感情で、どこかはらはらして見ていた。

いつまでたっても浮いた噂を聞かないのが不審で、ああいう父親を持つと反面教師になって、色ごとに不感症になるのかしらと心配していた。たまに逢うと、まだ恋人はいないの、結婚はしないのと、野暮な質問をして、我ながら、うっとうしい婆さんだなと反省した。

あんなにいい女だもの、男がよりつかない筈はない、きっとひそかにたくみにひめごとをしているのだろうと、勘ぐったりしてみるが、どうも、ほんとにナニもないらしい。というのも、この『まだふみもみず』を読んでも、どの頁のどの一行にも、それらしい気配はうかがえないのである。失恋の話などあるけれど、こんなものは恋ではない。あまりに身持ちが堅くうんざりしてしまう。

しかし、エッセイストとしては、やっぱり父の血をひいている。

どうも文才というのは、男の子より女の子の方に遺伝するというのが、日頃の私の持論である。

幸田文をはじめ、室生朝子、萩原葉子、津島佑子、太田治子、阿川佐和子、有吉玉青等々、数えあげれば実に多くの女流作家がひしめいている。

檀ふみさんは、文才はまだ開き切っていないと思う。まだまだ大輪の花を咲かせる可能性をふんだんにかかえているのに、恋愛にも捨身にならない慎重さがあるように、作家としても、捨身になれない要心深さがあるのが私にはもどかしい。

もう人生の半ばを越してしまったのだもの、今更、何を守ろうとするのだろう。明日死ぬかもしれないという仮説をたてて、思いきって自分を縛っている綱を切り払い、遺書のつもりで、「いとあやしきものがたり」でもものしたまえかしとそそのかしたくなる。

せめて私の死ぬ前に、そういうものを書いて見せてほしい。冥土《めいど》で、お父さんに逢った時、

「見ましたか、ふみちゃんの今度の小説、やっと書きましたね。御満足でしょう。やっぱり、血ですね」

と言って、祝杯をあげたいものである。その時のため、私は買いためてあるバカラのグラスをそっくり冥土の土産《みやげ》に持って行こう。

先に逝かれた小説家をみんなパーティに招いて、シャンペンをあけ、バカラの盃でふみさんの傑作の祝賀パーティをしよう。ああ、わくわくしてきた。

――作家

この作品は二〇〇〇年六月小社より刊行されたものです。

まだふみもみず

檀《だん》ふみ

平成15年8月5日　初版発行

発行者――見城　徹
発行所――株式会社幻冬舎
〒151-0051東京都渋谷区千駄ヶ谷4-9-7
電話　03(5411)6222(営業)
　　　03(5411)6211(編集)
振替00120-8-767643
印刷・製本―株式会社　光邦
装丁者――高橋雅之

幻冬舎文庫

ISBN4-344-40410-6　C0195　　た-14-2